सौंधे सफ़हे

PAGES OF ISHQ

पायल धाबलिया

Made with ❤ on the Notion Press Platform
www.notionpress.com

यह किताब....

उस मोहब्बत के नाम
जो लफ़्ज़ों से ज़्यादा
ख़ामोशियों में कही गई।

उस ख़ास शख़्स के नाम,
जिसकी मौजूदगी ने
अनकहे एहसासों को
दिल से कागज़ में उतार दिया।

उन तमाम पाठकों के नाम,
जिन्होंने मेरी पिछली कहानियों में
खुद को ढूंढा और इस किताब
की कहानियों में वे यकीनन
अपना दिल छोड़ जाएंगे।

पायल धाबलिया

क्रम-सूची

प्रस्तावना

प्रिय पाठकों,

कई कहानियाँ लिखने के बाद भी कुछ भाव ऐसे रह जाते हैं, जो शब्दों में ढलने से पहले मन में ठहरते हैं।

यह किताब उन्हीं ठहरे हुए एहसासों की परिणति है।

अब तक की रचनाओं में जीवन, संघर्ष और रिश्तों के अनेक रंग उकेरने के बाद, यह मेरी पहली ऐसी प्रेम कहानी की किताब है जिसे लिखते हुए मैंने प्रेम को समझने की ही नहीं बल्कि महसूस करने की कोशिश भी की है।

प्रेम धीरे-धीरे पनपता है, समय लेता है, और चुपचाप दिल में जगह बना लेता है।

हर प्रेम कहानी के पात्र परिपूर्ण नहीं हैं, पर सच्चे हैं।इनका प्रेम किसी आदर्श पर नहीं, बल्कि परिस्थितियों, दूरी और धैर्य की कसौटी पर खरा उतरता है।

यह किताब उन पाठकों के लिए है जो मानते हैं कि प्रेम हमेशा पहली नज़र में नहीं होता, कभी-कभी वह कई मुलाक़ातों, अनकहे शब्दों और लंबे इंतज़ार के बाद जन्म लेता है।

यदि इस किताब का कोई एक भी पन्ना आपको अपने बीते या अधूरे प्रेम की याद दिला दे, तो समझिए, मेरी लेखनी का उद्देश्य पूरा हुआ।

पायल धाबलिया

1

इश्क इतर

एस्थेटिक सजावट वाले कैफ़े के एकांत कोने में, शीशे के पास रखी छोटी-सी मेज़ पर कविता बैठी थी। सामने रखी कॉफी से उठती भाप किसी सुकून का वादा नहीं कर रही थी; वह हर घूंट के साथ जैसे अपने भीतर जमा कड़वे सच को ही निगल रही थी। कप की गर्माहट उसकी उँगलियों तक तो पहुँच रही थी, पर दिल तक आते-आते ठंडी पड़ जा रही थी।

उसे अपने उलझे, बिखरे बालों की कोई चिंता नहीं थी। आईने में झांकती उसकी नज़रें बालों से आगे बढ़कर उस ज़िंदगी पर टिक जाती थीं, जो उससे कहीं ज़्यादा बिखरी और बेरंग हो चुकी थी। बाहर की दुनिया उसे सजी-संवरी देखती थी, भीतर का खालीपन किसी को नज़र नहीं आता था।

मेज़ के पास रखा उसका ब्रैंडेड बैग, जो कभी शान का प्रतीक था, आज जैसे लापरवाही से पटका हुआ पड़ा था। उसी बैग से उसने फोन निकाला—ज़रूरत से नहीं, बल्कि दिखावे के लिए। उँगलियाँ स्क्रीन पर यूँ चलने लगीं मानो वह बहुत व्यस्त हो, जबकि सच यह था कि भागने के लिए उसके पास कोई दिशा नहीं थी।

फोन का कवर, जिसे उसने कभी एक खास दुकान से बड़े चाव से कस्टमाइज़ करवाया था, आज उसे चिढ़ाता हुआ-सा लगा। उस पर उसका नाम चमक रहा था, साफ़ और खूबसूरत अक्षरों में, लेकिन उस नाम की पहचान कहीं गुम हो चुकी थी। नाम तो था, पर नाम के पीछे खड़ी वह खुद कहीं खो गई थी।

नाम के साथ जड़े चमकते नग, जो कभी गर्व की वजह हुआ करते थे, आज उसकी आँखों में चुभने लगे थे। वे उसे याद दिला रहे थे कि बाहरी चमक कितनी भी हो, भीतर अगर रंग न हों तो सब कुछ फीका ही रहता है। कविता ने कॉफी का आख़िरी घूंट लिया—कड़वा, बिल्कुल उसकी ज़िंदगी की तरह—और कप मेज़ पर

रख दिया। कैफ़े की भीड़ में बैठी वह और भी ज़्यादा अकेली महसूस करने लगी, जैसे शोर के बीच उसकी ख़ामोशी सबसे ज़्यादा बोल रही हो।

कभी जिन आँखों में वह बड़े सलीके से काजल लगाया करती थी, आज उन्हीं आँखों में एक अजीब-सा खालीपन उतर आया था। जैसे काजल के साथ-साथ सपने भी धुल गए हों। दिल के भीतर अनगिनत विचारों का सैलाब उमड़ रहा था—यादें, शिकायतें, सवाल और वे अनकहे शब्द जिन्हें वह किसी के साथ बाँटना चाहती थी। पर सामने कोई ऐसा नहीं था जो बिना टोके, बिना सलाह दिए, बस उसे सुन सके। भीड़ थी, पर अपनापन नहीं।

बाहर से सब कुछ शांत दिख रहा था, मगर उसके भीतर चल रहा तूफ़ान अब भी उसे चारों ओर से घेर रहा था। वह उठकर जाना चाहती थी, पर मन जैसे उसी कुर्सी से बंधा हुआ था।

पास की एक मेज़ पर कॉलेज के कुछ बच्चे ठहाके लगा रहे थे। उनकी बेफ़िक्री, उनकी हँसी, उनके आने वाले कल के सपने हवा में घुलकर कविता तक पहुँच रहे थे। दूसरी ओर एक टेबल पर एक कपल अपनी प्रेमभरी बातों में मग्न था—धीमी मुस्कानें, चोरी-छिपी नज़रें, और भविष्य की मीठी योजनाएँ। सब कुछ इतना जीवंत, इतना भरा-पूरा।

कविता ने चारों ओर नज़र घुमाई। हर चेहरा किसी न किसी रिश्ते से जुड़ा था, हर मेज़ पर कोई कहानी चल रही थी। और उसकी कहानी? वह जैसे बीच रास्ते में ही ठहर गई थी—न पीछे लौटने की हिम्मत, न आगे बढ़ने का भरोसा। उसने खाली कप को देखा, फिर अपने हाथों को। भीड़ से भरे उस कैफ़े में बैठी वह खुद से सवाल कर रही थी—कभी किसी की दुनिया रही वह, आज खुद अपनी ही दुनिया में इतनी अकेली क्यों थी।

कैफ़े के उसी खास कॉर्नर पर, जहाँ रोशनी सबसे सलीके से गिरती थी और दीवारों पर लगे आर्टवर्क तस्वीरों को और खूबसूरत बना देते थे, लोग बारी-बारी से खड़े होकर सेल्फ़ी लेने लगे। हँसी, पोज़ और कैमरे की क्लिक की आवाज़ें माहौल में घुल रही थीं। किसी के लिए वह कोना यादों को क़ैद करने की जगह था, तो किसी के लिए बस एक और तस्वीर सोशल मीडिया के लिए।

इन सब बैकग्राउंड से बेख़बर कविता अपनी ही दुनिया में खोई हुई थी। न उसे कैमरे की चमक दिख रही थी, न हँसी का शोर सुनाई दे रहा था। वह जैसे अपने भीतर उतरती जा रही थी, उस जगह जहाँ सवाल ज़्यादा थे और जवाब बहुत कम। बाहरी दुनिया की चहल-पहल उसके भीतर की ख़ामोशी को छू भी नहीं पा रही थी।

उसके मन में अचानक एक ख़याल कौंधा—जब घर खाने को दौड़ता है, तो इंसान बाहर भागता है। सुकून की तलाश में, ख़ुद से बचने की कोशिश में, कभी कैफ़े, कभी सड़कें, कभी भीड़। लेकिन कहाँ तक और कब तक? भागना आसान होता है, ठहरना नहीं। और फिर एक दिन थककर लौटना ही पड़ता है। आख़िरकार इंसान उन्हीं चार दीवारों के भीतर वापस आता है, जहाँ सवाल पीछा नहीं छोड़ते, जहाँ ख़ामोशी ज़्यादा साफ़ सुनाई देती है। कविता ने गहरी साँस ली। बाहर की दुनिया भले ही रंगीन हो, पर उसे पता था—असल लड़ाई वहीं शुरू होगी, उस घर में, उस कमरे में, जहाँ उसे अपने आप से सामना करना होगा।

कॉफी का बिल चुकाकर कविता ने बिना देर किए कैब बुक की। एक गहरी साँस लेकर वह कैफ़े के बाहर निकलने लगी—मानो भीतर उमड़ते शोर से बाहर की हवा में कुछ हल्कापन तलाश रही हो। तभी दरवाज़े के पास सामने से आती पीले सलवार-कमीज़ पहने एक महिला से उसका कंधा टकरा गया।

"सॉरी..." शब्द अभी उसके होंठों तक पहुँचे ही थे कि उस महिला के परफ़्यूम की ख़ुशबू ने उसे थाम लिया। एक पल के लिए समय जैसे ठहर गया। वही जानी-पहचानी महक—जो कभी किसी शाम, किसी चेहरे, किसी भूले हुए रिश्ते से जुड़ी थी। कविता के भीतर कहीं कोई पुरानी स्मृति हिलोरें लेने लगी, जिसे उसने बरसों से तहों में दबा रखा था।

वह कुछ सेकंड वहीं ठिठकी रही। महिला आगे बढ़ चुकी थी, पर उसकी ख़ुशबू हवा में रह गई थी—ठीक वैसे ही जैसे कुछ लोग हमारी ज़िंदगी से चले जाते हैं, मगर उनकी यादें हमारे भीतर रह जाती हैं।

यूं तो कविता हमेशा ही अप-टू-डेट रहती थी—कपड़े, सोच, अंदाज़ सब समय के साथ चलते थे। मगर आज वह कुछ अलग लग रही थी। शायद इसलिए कि आज उसने अपने भीतर झाँकने की हिम्मत की थी। चालीस की उम्र ज़रूर उसके साथ चल रही थी, पर उसकी स्मार्टनेस, उसका आत्मविश्वास अब भी ऐसा था कि कॉलेज की लड़कियाँ भी उसके सामने फीकी लगें।

कैफ़े के बाहर खड़ी वह पल भर के लिए रुकी, फिर खुद को समेटते हुए आगे बढ़ गई। कैब कुछ ही देर में आने वाली थी—और उसके साथ शायद अतीत की कोई भूली-बिसरी परछाईं भी, जो आज फिर से दस्तक दे चुकी थी।

उस महिला से आँखें मिलते ही कविता ने अनायास ही अपने बालों को उँगलियों से संवार लिया। फिर सिर पर टिके गॉगल्स को नीचे खिसकाकर आँखों के नीचे पड़े हल्के-से गहरे घेरों को छुपाने की कोशिश की—मानो थकान नहीं, अपनी टूटन छिपा रही हो। बिना कुछ कहे वह आगे निकल गई, जैसे उस पल को वहीं छोड़ देना

चाहती हो।

वह कैफ़े के बाहर आकर रुकी। एक पल को उसने इधर-उधर नज़रें घुमाईं और फिर सड़क की ओर देखते हुए कैब का इंतज़ार करने लगी। तभी तेज़ क़दमों से चलता हुआ एक शख़्स उसके क़रीब से गुज़रा। वह फ़ोन पर था, आवाज़ में हल्की-सी बेचैनी और अपनापन मिला हुआ—

"कहाँ हो...??"

कविता ने अनायास ही उसकी ओर देखा ही था कि कैफ़े के भीतर से वही पीले कपड़े वाली लड़की दरवाज़े पर आकर आवाज़ देने लगी—

"गौरव, यहाँ... अरे यहाँ!"

वह शख़्स एकदम रुक गया। फ़ोन जेब में डालते हुए उसके चेहरे पर बड़ी-सी मुस्कान फैल गई—ऐसी मुस्कान, जो सिर्फ़ किसी अपने को देखकर आती है। अगले ही पल वह तेज़ी से कैफ़े के भीतर चला गया।

उसी वक्त कविता की कैब आ चुकी थी। उसने ड्राइवर को ओटीपी बताया और चुपचाप कैब में बैठ गई। गाड़ी चलने से पहले उसकी नज़र फिर से कैफ़े की ओर चली गई। शीशे के पार उसने देखा—वही दोनों अंदर जाकर उसी टेबल पर बैठ गए थे, जहाँ थोड़ी देर पहले वह खुद बैठी थी।

कविता ने खिड़की से बाहर देखते हुए हल्की-सी मुस्कान दबा ली। कुछ जगहें और कुछ पल, इंसानों के बदल जाने के बाद भी वही रहते हैं। कैब धीरे-धीरे आगे बढ़ गई, और कैफ़े के बाहर की वह पूरी तस्वीर पीछे छूटती चली गई—पर उसके भीतर कहीं गहराई में कुछ देर तक ठहरी रही।

ड्राइवर ने गाड़ी आगे बढ़ा दी। काँच के उस पार कविता अब भी कैफ़े के भीतर बैठे उस कपल को देखती रही। कुछ ही पलों में गाड़ी आगे निकल गई और कैफ़े पीछे छूट गया—जैसे कोई अधूरी याद पीछे रह जाती है। कैफ़े से उसके घर तक का रास्ता कोई बीस–पच्चीस मिनट का ही था, मगर आज कविता का दिल चाह रहा था कि यह सफ़र यहीं ठहर जाए, कभी ख़त्म न हो। उसे अपनी मंज़िल तक पहुँचने की कोई जल्दी नहीं थी। आख़िर कोई था भी तो नहीं, जो उसका इंतज़ार करता। वह घर की ओर नहीं, बल्कि ईंट और सीमेंट से बने एक ऐसे मकान की ओर जा रही थी, जिसमें दीवारें थीं, पर अपनापन नहीं।

उसने फोन हाथ में लिया और आदतन व्हाट्सऐप खोला। स्क्रीन पर किसी अपने का कोई संदेश नहीं था। फिर भी समय काटने के लिए उसने रील्स चलानी शुरू कर दी। कुछ सेकंड की अनगिनत रील्स में वक़्त तो बीत गया, लेकिन सिर भारी होने लगा। मन के किसी कोने में एक सवाल लगातार गूंज रहा था—घर

जाकर वह क्या करेगी? आगे क्या करना है?

अचानक कैफ़े वाले उस कपल की धुंधली-सी तस्वीर उसकी आँखों के सामने उभर आई। उसके साथ ही सैकड़ों पुरानी यादों का जाल उसे उलझाने लगा ही था कि ड्राइवर की आवाज़ ने उसे चौंका दिया—

"मैडम, यहाँ रोक दूँ?"

कविता हड़बड़ा गई। जल्दी-जल्दी ऑनलाइन पेमेंट किया और कैब से उतरकर घर की ओर बढ़ चली। लिफ्ट आई तो उसने बिना रुके पाँचवीं मंज़िल का बटन दबाया। कुछ ही पलों में वह अपने फ़्लैट के सामने खड़ी थी। बैग में हाथ डालकर वह झुंझलाते हुए चाबी ढूँढने लगी, तभी बाहर जा रही पड़ोसन विनीता ने मुस्कुराकर कहा—

"हेलो कविता, हाउ आर यू?"

कविता ने एक बनावटी मुस्कान ओढ़ते हुए जवाब दिया, "ऑल गुड।"

वह विनीता से हालचाल पूछे बिना ही फुर्ती से दरवाज़ा खोलकर घर के भीतर चली गई, जैसे किसी बातचीत से बचना चाहती हो।

घर का सन्नाटा मानो उसी का इंतज़ार कर रहा था। यह ख़ामोशी, यह उदासी और यह बेचैनी—यही तो अब कविता का परिवार बन चुके थे। घर का कोना-कोना साफ़ था, हर सामान अपनी तय जगह पर, जैसे सब कुछ बिल्कुल सही हो... सिवाय उसके भीतर के। उसने बैग सोफ़े पर रखा और सीधे अपने कमरे में चली गई, जहाँ तन्हाई की बेड़ियाँ उसे जकड़ लेती थीं।

तभी अचानक उसका फोन बज उठा। मन न होते हुए भी वो उठी और बैग से फोन निकाल लिया। स्क्रीन पर एक अनजान नंबर चमक रहा था। एक पल के लिए उसने सोचा—रिसीव करे या नहीं। फिर न जाने क्यों, कॉल उठा ली।

दूसरी ओर से शांत-सी आवाज़ आई—

"हेलो कविता जी, मैं गौरव बोल रहा हूँ।"

कविता ने रूखे स्वर में कहा,

"कौन गौरव? क्या काम है?"

फोन के उस पार कुछ पल की ख़ामोशी रही, फिर बहुत ही विनम्र और संयत आवाज़ आई—

"जी मैडम, आपके ऑफिस का आईडी कार्ड कैफ़े में रह गया है। उसी पर आपका नंबर लिखा था, इसलिए आपको कॉल किया। आप चाहें तो कैफ़े से ले लीजिएगा।"

इतना कहकर गौरव ने बिना किसी अतिरिक्त शब्द के फोन रख दिया। न कोई सवाल, न कोई उम्मीद—बस ज़रूरी बात कहकर जैसे वह भी अपने रास्ते आगे बढ़

गया।

कविता कुछ सेकंड तक फोन को देखती रही। स्क्रीन काली हो चुकी थी, मगर उसके भीतर अजीब-सी बेचैनी फैलने लगी थी। अगले ही पल उसने झुंझलाहट में फोन को सोफ़े पर पटक दिया।

"क्या ज़रूरत थी ऐसे बात करने की?" उसने खुद से ही बुदबुदाया।

उसे अचानक अपने ही व्यवहार पर गुस्सा आने लगा। वह कमरे में टहलने लगी, कदमों की आहट उस ख़ामोशी को और गहरा कर रही थी। आख़िर उसका गुस्सा उस अजनबी पर क्यों फूट पड़ा था? उसकी कोई ग़लती तो नहीं थी। फिर वह अपने भीतर जमा सारा फ्रस्ट्रेशन दूसरों पर क्यों उछाल रही थी?

कविता खिड़की के पास आकर रुक गई। उसने गहरी साँस ली और आँखें बंद कर लीं। शायद यह गुस्सा किसी और के लिए नहीं था—यह तो खुद से शिकायत थी, उस ज़िंदगी से नाराज़गी थी, जो उसे हर दिन थोड़ा-थोड़ा थका रही थी।

कविता ने बिना एक पल गंवाए वॉशबेसिन की ओर कदम बढ़ाए। नल खोलते ही ठंडे पानी की धार उसके चेहरे पर बिखर गई। वह बार-बार पानी के छींटे मारती रही, जैसे भीतर की बेचैनी को भी धो देना चाहती हो। फिर उसने आईने में खुद को देखा—थकी हुई आँखें, कसता हुआ चेहरा। नेपकिन से चेहरा पोंछते हुए वह सीधे किचन में पहुँची।

एक गिलास ठंडा पानी पिया। पानी गले से उतरते ही थोड़ी-सी ठंडक भीतर तक पहुँची, मगर मन अब भी अशांत था। तभी उसे याद आया—फोन। वह इधर-उधर देखने लगी, फिर सोफ़े से फोन उठाया। कुछ पल स्क्रीन पर वही नंबर देखती रही, फिर साहस जुटाकर कॉल लगा दी।

दूसरी ओर से जैसे ही फोन रिसीव हुआ, कविता जल्दबाज़ी में बोल पड़ी,

"सॉरी... सॉरी... वो मैं... अभी आती हूँ अपना कार्ड लेने।"

उसकी आवाज़ में अब रूखापन नहीं था, बल्कि एक अजीब-सी हड़बड़ाहट थी

गौरव ने सहजता से पूछा,

"आप कहाँ रहती हैं?"

कविता कुछ पल चुप रही। फिर हल्की-सी हिचक के साथ बोली,

"यहीं... जो मॉल है न, उसी के पास।"

फोन के उस पार गौरव की आवाज़ अब भी उतनी ही संयत थी—

"जी, हम उसी मॉल की तरफ़ आ रहे हैं। आप चाहें तो मैं आपका कार्ड ले आता हूँ, आप वहीं से ले लीजिएगा। नहीं तो मैं आपका कार्ड कैफ़े के काउंटर पर रखवा देता हूँ। जैसा आपको ठीक लगे।"

कविता कुछ पल चुप रही। दिमाग़ में विचारों की हल्की-सी उठापटक हुई।

“ठीक है,” उसने आखिर कहा, “आप ले आइए। मैं मॉल में आपसे ले लूँगी।”

फोन रखते ही वह सोफ़े पर बैठ गई। अचानक उसे याद आया—उसने ऑफिस से चार दिन की छुट्टी ले रखी थी। प्लान था अपनी दो सहेलियों के साथ गोवा जाने का। समुद्र, खुला आसमान और कुछ दिन की बेफ़िक्री। लेकिन ऐन वक़्त पर दोनों की तरफ़ से मना आ गया। किसी के घर में काम निकल आया, किसी के यहाँ कोई ज़िम्मेदारी आ खड़ी हुई।

कविता ने उस वक़्त उन्हें खूब सुनाया था। तब दोनों ने भी सफ़ाई देते हुए कहा था,

“कविता, देखो जानबूझकर तो कुछ नहीं किया। घर-परिवार है, तो ये सब हो ही जाता है यार। अब तुम्हारा क्या है... अकेली हो, अपने मन की मालिक। न पति, न बच्चा। हमारे ऊपर तो ज़िम्मेदारियाँ हैं।”

उस पल कविता के पास भी जवाब तैयार था—हमेशा की तरह तेज़ और बेपरवाह।

“तो फिर इस जंजाल में पड़े ही क्यों? मस्त अपनी शर्तों पर जीना चाहिए... मेरी तरह।”

वह यह कहते हुए मुस्कुरा दी थी, मगर आज उसी मुस्कान की गूंज उसे चुभ रही थी। अकेले कमरे में बैठी कविता को पहली बार लगा—क्या वाकई वह अपनी शर्तों पर जी रही थी, या फिर उस आज़ादी के नाम पर किसी खालीपन को ढो रही थी? बाहर कहीं दूर, मॉल की ओर बढ़ता रास्ता उसका इंतज़ार कर रहा था—और शायद उसके साथ कोई ऐसा मोड़ भी, जिसकी उसे उम्मीद नहीं थी।

दोस्तों के साथ हुई बहस ने कविता के मन को और भारी कर दिया था। वह कुछ देर यूँ ही सोफ़े पर बैठी रही, आँखें बंद किए—जैसे ख़ुद को समेटने की कोशिश कर रही हो। फिर अचानक उसने आँखें खोलीं, बैग उठाया और बिना ज़्यादा सोचे मॉल की ओर चल पड़ी। शायद बाहर निकलना ज़रूरी था, वरना भीतर का शोर उसे घुटन दे देता।

मॉल के गेट पर पहुँचकर वह कुछ देर ठिठकी। चारों ओर आती-जाती भीड़ के बीच वह किसी अनजान चेहरे की तलाश में खड़ी रही। तभी सामने से गौरव आता दिखा—उसके साथ वही लड़की भी थी। कविता उन्हें पहचान गई। दिल की धड़कन एक पल को तेज़ हुई और वह उनकी ओर बढ़ गई।

हल्की मुस्कान के साथ उसने कहा,

“हेलो, मैं कविता।”

गौरव ने जैसे ही उसे देखा, तुरंत जेब से कार्ड निकाला और उसकी ओर बढ़ाते हुए बोला,

"यस-यस, ये लीजिए।"

कविता ने कार्ड हाथ में लिया, एक पल उसे देखा और राहत की साँस ली। उसी समय गौरव के साथ खड़ी महिला आगे बढ़ी। उसके चेहरे पर सहज अपनापन था। उसने मुस्कुराकर कहा,

"हाय, मैं श्वेता... गौरव की वाइफ़।"

फिर हल्के-से समझाते हुए जोड़ दिया, "एक्चुअली, हमने आपका कार्ड देखा तो सोचा सीधे आपके हाथ में ही दे दें। कहीं इधर-उधर हो जाता तो आपको दिक्कत होती।"

कविता ने दिल से उनका धन्यवाद किया।

बात वहीं थम गई, मगर श्वेता के परफ़्यूम की वही परिचित-सी खुशबू हवा में रह गई।

वह खुशबू कविता को धीरे-धीरे अतीत की गलियों में ले जा रही थी—किसी भूले हुए मौसम, किसी पुराने चेहरे और किसी ऐसे अहसास की ओर, जिसे उसने बरसों पहले दिल के किसी कोने में बंद कर दिया था। मॉल की भीड़ में खड़ी कविता समझ नहीं पा रही थी कि वह सिर्फ़ एक आईडी कार्ड वापस लेने आई थी... या अपने ही बीते हुए कल से अनायास टकरा गई थी।

कविता दोनों का धन्यवाद कर धीरे-धीरे अपने घर की ओर बढ़ चली। कदम आगे बढ़ रहे थे, मगर श्वेता के परफ़्यूम की वह ख़ुशबू जैसे उसके साथ-साथ चल रही थी—यादों को पार करती हुई। घर पहुँचकर भी वह महक उसके आसपास बनी रही, जैसे किसी ने बीते हुए समय को फिर से जगा दिया हो।

कविता का एकाकी जीवन उसकी पहली पसंद नहीं था। यह अकेलापन उसने चुना नहीं था, बल्कि कुछ कड़वे अनुभवों ने उसे इस तरह जीने पर मजबूर कर दिया था। वक़्त के साथ उसने इसी जीवन को "सबसे बेहतर" मानना सीख लिया था—क्योंकि उम्मीदों से टूटने से बेहतर था, खुद पर भरोसा करना।

और उस भरोसे की दरारों में आज वही ख़ुशबू उतर आई थी।

शशांक ने जो पहला तोहफ़ा कविता को दिया था, वह यही परफ़्यूम था। उसे यह ख़ुशबू बहुत पसंद थी—हल्की-सी, मगर देर तक साथ रहने वाली। आज बरसों बाद वही महक उसकी साँसों में घुलकर दिल को मथने लगी। ऑफिस में साथ काम करते-करते शशांक ने कब कविता के दिल में एक ख़ास जगह बना ली थी, उसे खुद भी पता नहीं चला था।

कविता और शशांक एक ही कंपनी में काम करते थे। दोनों की प्रोफ़ेशनल लाइफ़ बेहद सधी हुई और सफल चल रही थी। वे दोनों ही महत्वाकांक्षी थे—शायद यही समानता उनकी दोस्ती की पहली वजह बनी थी। काम से शुरू हुई बातचीत कब कॉफ़ी ब्रेक्स और देर शाम तक खिंचती बातों में बदल गई, किसी को याद नहीं रहा।

लैपटॉप और कॉफ़ी के साथ उनकी कभी न ख़त्म होने वाली बातें अब ऑफिस की आम तस्वीर बन चुकी थीं। कोई उनसे अंजान नहीं था। कविता और शशांक की जोड़ी देखते ही बनती थी।

शशांक का ऊँचा, लंबा कद, गेहुँआ रंग, चौड़े कंधे और आत्मविश्वास से भरा बोलने का अंदाज़—हर किसी को प्रभावित कर जाता था। वहीं कविता की बोलती आँखें और मोहिनी-सी मुस्कान को नज़रअंदाज़ करना नामुमकिन था। वे साथ चलते तो लोग मुड़कर देखते थे, जैसे किसी कहानी के किरदार गुजर रहे हों।

जब दोनों के प्रमोशन हुए, तो उन्होंने अपने-अपने घरों में शादी की बात भी रख दी थी। परिवारों को यह रिश्ता पसंद आया—किसी को कोई आपत्ति नहीं थी। सबने खुशी-खुशी अपनी रज़ामंदी दे दी थी।

उस वक़्त सब कुछ इतना आसान, इतना साफ़ लग रहा था... जैसे ज़िंदगी ने पहली बार कविता के लिए भी मुस्कुराकर दरवाज़ा खोल दिया हो।

शादी की तारीख तय हो चुकी थी। घरों में जैसे उत्सव उतर आया था—कपड़ों की ख़रीदारी, रिश्तेदारों के फ़ोन, और भविष्य के सपनों की मीठी बातें। सब लोग तैयारियों में जुटे थे, मगर शशांक और कविता दोनों ही अपने-अपने करियर की तेज़ रफ़्तार में उलझे हुए थे। प्यार अपनी जगह था, पर ज़िम्मेदारियाँ उससे भी ज़्यादा भारी हो चली थीं।

तीन साल तक एक ही प्रोजेक्ट में शशांक ने अपनी पूरी जान झोंक दी थी। देर रातें, अधूरी नींद और अनगिनत मीटिंग्स—आख़िरकार उसकी मेहनत रंग लाई। कंपनी ने उसे बड़ी पोस्ट पर प्रमोट कर दिया। यह बहुत बड़ी ख़ुशख़बरी थी, जिसका इंतज़ार शायद शशांक से ज़्यादा कविता कर रही थी। उसकी आँखों में गर्व था, दिल में सुकून—कि जिस इंसान पर उसने भरोसा किया था, वह सच में आगे बढ़ रहा है।

लेकिन ज़िंदगी इतनी आसान कहाँ होती है, जनाब।

प्रमोशन के साथ ही एक और ख़बर आई—शशांक को लंदन के ऑफिस से काम संभालना था। विदेश, नया ओहदा, नई ज़िम्मेदारियाँ। शशांक चाहता था कि वे कोर्ट मैरिज कर लें और साथ-साथ लंदन चले जाएँ। उसे लगता था कि प्यार साथ हो, तो जगह मायने नहीं रखती।

कविता के लिए यह फ़ैसला इतना सीधा नहीं था। वह अपनी नौकरी छोड़कर नहीं जाना चाहती थी। वह जानती थी कि करियर के पीक पर नौकरी छोड़ना अपने ही पैरों पर कुल्हाड़ी मारने जैसा है। उसने यह मुक़ाम बड़ी मुश्किल से पाया था—संघर्ष, समझौते और खुद से लड़कर।

दोनों जानते थे कि यह कुछ दिनों की बात नहीं थी। शशांक के नए प्रोजेक्ट में कम से कम दो–तीन साल तो लगने ही थे। जितना बड़ा ओहदा, उतना ही बड़ा काम। यह सिर्फ़ दूरी की बात नहीं थी, बल्कि दो ज़िंदगियों की दिशाओं की बात थी। कविता और शशांक के सामने एक बड़ी दुविधा खड़ी थी।

घरवालों ने उन्हें समझाने की बहुत कोशिश की—शादी कर लो, सब ठीक हो जाएगा। मगर इस बार बात भावनाओं से नहीं, भविष्य की सच्चाइयों से तय हो रही थी। आख़िरकार, बहुत सोच-विचार के बाद, दोनों ने आपसी सहमति से यह तय किया कि वे शादी नहीं करेंगे।

वह मुलाक़ात आज भी कविता के भीतर ज़िंदा थी। दोनों भरे मन से गले मिले।फिर उन्होंने हाथ मिलाया।

यह किसी के लिए आसान नहीं था। एक तरफ़ सपनों का खुला आसमान था, और दूसरी तरफ़ वह प्यार, जिसके बिना उड़ना शायद मुश्किल था। मगर प्यार कहीं बंधन न बन जाए—इस डर से उन्होंने हाथ छोड़ना ही बेहतर समझा।

आख़िर वह दिन भी आ ही गया, जब शशांक अपने सपनों को एक नया आयाम देने, सात समंदर पार जाने वाला था। हवाई अड्डे की हलचल के बीच कविता उसके साथ खड़ी थी—उसकी सबसे बड़ी शुभचिंतक बनकर, अपनी पीड़ा को भीतर कहीं दबाए हुए। दोनों जानते थे कि अलग-अलग रहना आसान नहीं होगा, मगर यह भी उतना ही सच था कि उनके पास कोई और विकल्प नहीं था।

जाने से पहले शशांक ने अपनी जेब से एक छोटा-सा पैकेट निकाला। कविता ने देखते ही पहचान लिया—वही उसका पसंदीदा परफ़्यूम। वह कुछ बोल नहीं पाई। शब्द आँखों में ठहर गए और नमी बनकर छलक आए। शशांक ने उसे कसकर गले लगाया। उस आलिंगन में अधूरा प्यार, टूटे हुए सपने और एक-दूसरे के लिए ढेरों दुआएँ समाई हुई थीं। बिना कुछ कहे, वे अलग हो गए—जैसे चुप्पी ही उनका आख़िरी वादा हो।

घरवाले इस फ़ैसले से खुश नहीं थे। उन्हें लगता था कि प्यार का अंत इस तरह नहीं होना चाहिए। लेकिन बच्चों की ज़िद और सच्चाई के आगे उन्हें भी झुकना पड़ा। मजबूरी में ही सही, उन्होंने इस जुदाई को स्वीकार कर लिया।

कविता बाहर खड़ी नीले गगन की ओर देखती रही। वह तब तक शशांक के जहाज़ को देखती रही, जब तक वह एक बिंदु बनकर आसमान में ओझल नहीं हो गया। उस पल उसका दिल ज़ोर-ज़ोर से रो रहा था, मगर होंठों पर मुस्कान थी। वह सबको तसल्ली दे रही थी—और शायद खुद को भी।

दिन, हफ्ते और फिर महीने बीतते चले गए। शुरुआत में कॉल्स का सिलसिला यूँ चलता था जैसे दूरी कोई मायने ही न रखती हो। मगर धीरे-धीरे काम का बोझ दोनों पर इस कदर हावी होने लगा कि बातों की गर्माहट ठंडी पड़ने लगी। वीडियो कॉल्स, जो कभी रोज़मर्रा का हिस्सा थीं, अब अपवाद बन चुकी थीं।

एक शाम कविता ने फोन लगाया। कई रिंग्स के बाद शशांक ने कॉल उठाई।

कविता: "अब तो तुम फोन भी ढंग से नहीं उठाते।"

शशांक: "मीटिंग में था, कविता। हर वक्त फ्री रहना मुमकिन नहीं है।"

कविता: "मेरे लिए वक्त निकालना कभी मुमकिन नहीं होता, है न?"

शशांक (थोड़ा झुंझलाकर): "ऐसा नहीं है... लेकिन तुम्हें समझना चाहिए, यहाँ जिम्मेदारियाँ बहुत बढ़ गई हैं।"

कुछ दिनों बाद शशांक ने कॉल किया, लेकिन इस बार कविता ने देर से उठाया।

शशांक: "कॉल क्यों नहीं उठा रही थीं?"

कविता: "काम कर रही थी। या क्या अब सिर्फ़ तुम्हारा काम ही ज़रूरी है?"

शशांक: "तुम हर बात को प्रतियोगिता क्यों बना देती हो?"

कविता: "क्योंकि तुम हर बात में मुझे छोटा साबित करने की कोशिश करते हो।"

फोन के उस पार कुछ पल की चुप्पी छा गई।

शशांक: "मुझे लगता है, तुम अब मेरे साथ नहीं हो... तुम मेरी कम्पीटीटर बन गई हो।"

कविता (दबी हुई आवाज़ में): "और मुझे लगता है, तुम्हारी कामयाबी ने तुम्हें बदल दिया है। अब तुम्हें मैं नहीं, सिर्फ़ तुम्हारा ओहदा दिखता है।"

बातें अब सुलझने के बजाय उलझने लगी थीं। हर कॉल के अंत में कोई न कोई शिकायत रह जाती। धीरे-धीरे कॉल्स कम होते गए। संदेश अधूरे रहने लगे।

आखिरकार एक दिन ऐसा आया, जब दोनों ने बिना कुछ कहे, बात करना ही बंद कर दिया। खुद को अपने-अपने काम में इस तरह झोंक दिया कि समय निकलता चला गया—और उनके बीच की दूरी भी।

कविता अपने फ्लैट की खिड़की के पास खड़ी थी, बाहर की हलचल और भीतर की ख़ामोशी में खोई हुई। फोन पर आए कॉल और संदेश अब भी याद आए, मगर

अब वह खुद को संभाल चुकी थी। तभी मौसी का फोन आया..

मौसी: "कविता,कैसी हो, तुमने शादी के बारे में क्या सोचा? इतने अच्छे रिश्ते है मेरे पास।"

कविता: "मौसी, मैं शादी नहीं करना चाहती।अपने लिए जीना चाहती हूँ। प्लीज़ मम्मी - पापा की तरह आप ज़बरदस्ती मत कीजिए।"

मौसी (थोड़ा दुखी होकर): "लेकिन बेटी, ज़िंदगी अकेले कैसे कटेगी?"

कविता: "अकेले रहना भी एक तरह की आज़ादी है और मुझे लगता है, मैं इसे पसंद कर रही हूँ।"

फोन रखकर कविता अपने प्रमोशन के बारे में सोचने लगी। सैलरी बढ़ गई थी, ऊँची पोस्ट मिल गई थी। महीनों के कई दिन वह विदेश में काम कर रही थी। ऑफिस में उसका रुतबा था, कोई कमी नहीं थी।

आज वह अलमारी के पास आई और अलमारी में रखे सामान देखकर सोचने लगी

"समय के साथ हर चोट भर जाती है, पर दिल के ज़ख्म कभी पूरी तरह नहीं भरते। वो हमेशा कहीं न कहीं तड़प उठते हैं।"

तभी उसकी नज़र परफ्यूम की उस बोतल पर पड़ी।

"यह तो... शशांक का," कविता ने धीरे से कहा, और अतीत की गलियारों में खुद को खोते हुए बोतल उठाई।

कविता (खुद से): "परफ्यूम तो कहीं उड़ गया... फिर भी उसकी खुशबू... जैसे अभी भी मौजूद है।"

वह कुछ देर बस यूँ ही बैठी रही, सांसों में अतीत की महक को महसूस करते हुए। तभी लैपटॉप की घंटी बजी—मीटिंग शुरू होने का अलार्म।

कविता खुद से ही बोली, "हूँ... अब वापस वर्तमान में लौटना पड़ेगा।"

उसने धीरे से शंशाक की दी हुई उस इतर की बोतल को अलमारी में रखा और लैपटॉप की ओर बढ़ी।

कविता अपनी कुर्सी पर बैठी, आँखें लैपटॉप की स्क्रीन पर लगी थीं, लेकिन मन कहीं और भटक रहा था। उसने खुद से कहा,

"ये झल्लाहट बेकार है। कुछ भी तो नहीं बिगड़ा।"

गोवा का प्लान कैंसिल होने की याद आई। उसके दोस्त किसी खास वजह से नहीं आ पाए थे। कविता ने खुद को समझाया—"सबकी अपनी जिंदगी होती है। हर कोई अपने फैसले अपने हिसाब से लेता है। मुझे भी अपनी ज़िंदगी अपनी शर्तों पर जीनी है।"

वह हल्की मुस्कान लाने की कोशिश करने लगी। लैपटॉप बंद किया और अपना फोन उठाया। अचानक उसे याद आया—गौरव। उसने सोचा कि उसने ठीक से धन्यवाद नहीं किया। घर के पास थे वे लोग, फिर भी घर नहीं बुलाया। इसलिए उसने गौरव का नंबर डायल किया।

कॉल गई, लेकिन गौरव ने फोन नहीं उठाया।

कविता ने थोड़ी निराशा महसूस की और नंबर अपने फोन में सेव कर लिया।

तभी उसकी नज़र गौरव के व्हाट्सएप स्टेटस पर पड़ी। स्क्रीन पर कुछ ऐसा था कि कविता कुछ पल के लिए वहीं रुक हो गई। उसकी आँखों में हल्की चमक आ गई, और दिल के किसी कोने में पुरानी यादों की हलचल उठी।

वह फोन हाथ में लिए कुछ देर ऐसे ही बैठी रही।

गौरव ने कई सारे स्टेटस लगाए थे जिसमें वो श्वेता के साथ बहुत खुश दिखाई दे रहा था।छोटा सा वीडियो भी था।हर फोटो में कैप्शन डाले थे।एक में लिखा था "तेरा साथ है सबसे प्यारा"

वीडियो में एक गाना डाला था" तेरा साथ है तो मुझे क्या कमी है...."

कविता ने कई बार स्टेटस देखे ,फोन नीचे रखा और अपने दोनों हथेलियों से अपनी आंखों को ढक लिया।

कविता ने खुद को समझा लिया था और वापस अपनी दुनिया में मगन हो गई थी।करीब 7,8 दिन बाद रोज की तरह 9 बजे ऑफिस आई।

कविता अपने कैबिन में बैठी थी। लैपटॉप के कीबोर्ड पर उसकी उंगलियाँ दौड़ रही थीं, लेकिन उसका मन कहीं और भटक रहा था। अचानक प्यून आकर उसके मेज पर एक छोटा पैकेट रख दिया।

प्यून: “मैडम, आपके नाम का पार्सल है।”

कविता (हैरान होकर): “किसने भेजा है?”

प्यून (मुस्कुराते हुए): “मुझे नहीं पता, मैडम। बस पार्सल रखा था।”

कविता ने पैकेट उठाया। उसने सोचा, शायद किसी कॉलिग ने भेजा होगा। मेल चेक करना जरूरी था, लेकिन आज दिल की सुनकर उसका मन पहले तोहफा खोलने को कर रहा था।

जैसे ही उसने पैकेट खोला, तभी लैपटॉप पर मीटिंग का नोटिफिकेशन आ गया। कविता ने हल्की सांस ली और फिर से लैपटॉप की स्क्रीन पर ध्यान लगाया। मेलबॉक्स खुला, करीब सात–आठ ईमेल दिखाई दिए। एक ईमेल एड्रेस देखकर उसकी आँखें बड़ी हो गईं। उसने अपना चश्मा साफ किया और ध्यान से उस ईमेल को खोला।

स्क्रीन पर लिखा था—

"Hi,

कैसी हो ??? एक अरसा बीत गया।

क्या हम मिल सकते हैं??

ज़िंदगी तुम्हारे बिना रुकी तो नहीं लेकिन मैं इसे जी नहीं सका।

एक बार मिलना चाहता हूं। दिमाग की सुनकर बहुत सारे निर्णय लिए—कुछ सही, कुछ गलत।

अब दिल की सुनना चाहता हूं। थोड़ी नहीं, कुछ ज्यादा ही देर हो गई लेकिन एक बार कुछ कहना चाहता हूं।

इंतज़ार रहेगा!!

और हां, उम्मीद है तुम भी अब प्रैक्टिकल होकर नहीं बल्कि अपने दिल की सुनकर फैसला लोगी।"

कविता अपनी कुर्सी से खड़ी हो गई। खिड़की से बाहर की ओर देखती रही। आँखों में आंसू थे, जो गालों तक लुढ़क रहे थे। उसने अपना चश्मा हटाया और बालों को पास पड़े काले कल्चर से बांध लिया। हाथों में तोहफा लिए, वह लंबी गहरी साँसें लेने लगी ताकि आंसू और धड़कन को काबू में रख सके।

धीरे-धीरे उसने तोहफा खोला। उसके हाथ ठंडे हो चुके थे। पैकेट में परफ्यूम की खूबसूरत बोतल थी। कविता ने उसे अपने करीब किया और इस बार खुशबू कुछ अलग सी थी...

साथ ही एक छोटा कागज़ भी था। उस पर लिखा था—

"नई खुशबू के साथ चलो फिर एक नई शुरुआत करें।मै इंतजार कर रहा हूं वहीं .....।"

कविता ने धीरे से मुस्कान दी। आँखों में हल्की चमक थी, और दिल में उम्मीद की एक नयी किरण जाग उठी।

कविता (खुद से, धीरे से):

"शायद... अब समय है फिर से अपने दिल की सुनने का।"

कविता परफ्यूम की बोतल अपने हाथों में थामे खड़ी थी। खुशबू उसके अंदर बैठी यादों को जगा रही थी—पुरानी हँसी, लंबी बातें, और वो एहसास जो किसी ने शब्दों में बयां नहीं किया। धीरे-धीरे उसने फिर से उस कागज़ में लिखे शब्दों को पढ़ा और एक हल्की मुस्कान उसके होंठों पर उतर आई।

बाहर की हलचल से अंजान उसने शंशाक को अपने करीब महसूस किया—उसकी साँसों में एक नई ताज़गी थी।

जैसे ही वह कैफ़े में पहुँची, शशांक पहले से वहाँ इंतज़ार कर रहा था। उसकी आँखों में वहीं प्यार समाया था, जिसे समय और दूरी भी मिटा नहीं पाए थे।

शशांक (हँसते हुए, हल्की झिझक के साथ): " कविता,लगता था कि यह दिन कभी नहीं आएगा।"

कविता (मुस्कुराते हुए): "लेकिन हम फिर भी यहाँ हैं... और अब मैं अपने दिल की सुन रही हूँ।"

शशांक ने उसे अपने करीब खींचा। उनके हाथ आपस में मिल गए, और इस बार कोई दूरी, कोई टकराहट नहीं थी। बस दो दिल, एक नई शुरुआत की राह पर।

कैफ़े की हल्की रोशनी उनके चारों ओर फैल रही थी, और जैसे ही परफ्यूम की महक हवा में घुली, कविता और शशांक ने महसूस किया कि यह सिर्फ़ खुशबू नहीं, बल्कि उनके प्यार की ताज़गी थी—जो अब हर दूरी, हर अतीत और हर अनसुलझे एहसास को पीछे छोड़ चुकी थी।

कविता ने उसकी आँखों में देखा, मुस्कुराई और धीरे से कहा—

"नई खुशबू, नई शुरुआत... और अब हम साथ हैं।"

शशांक ने सिर हिलाया, और दोनों ने फिर से हाथ में हाथ डाला। इस बार, यह आलिंगन केवल यादों का नहीं, बल्कि भविष्य का वादा भी था—सपनों, प्यार और उन अनगिनत लम्हों के लिए जो अब सिर्फ उनके थे।

बाहर की हल्की हवाओं में उनका हँसता हुआ अतीत भी शामिल था, लेकिन अब उनके सामने सिर्फ़ उजला, नया सफ़र था—साथ चलने का।

2

इन लव धीरे धीरे

“अरे वैभव! चल यार, आज फिर से लेट हो गया तू!”
लूना की हैंडल पर उँगलियाँ थिरकाते हुए राजेश ने आईने में अपनी ज़ुल्फें सँवारीं। आवाज़ में दोस्ती कम और झुंझलाहट ज़्यादा थी।

“साले, तेरी वजह से रोज़ मुझे टकलू सर की डाँट सुननी पड़ती है। आज अगर फिर पकड़ लिया ना, तो सीधे प्रिंसिपल के सामने खड़ा कर देगा।”

पीछे से भागता हुआ वैभव किसी तरह शर्ट को पैंट में ठूँसता आया और हाँफते हुए लूना की पिछली सीट पर कूद पड़ा।

“अबे चल ना भाई!” उसने सीट पकड़ते हुए कहा,

“बाद में ज्ञान देना। एक तो घरवाले तैयार होने नहीं देते ... और ऊपर से तू!”

राजेश ने किक मारी। लूना ने पहले खाँसा, फिर किसी बूढ़े आदमी की तरह कराहती हुई चल पड़ी।

“देख लेना, एक दिन ये खटारा बीच सड़क बैठ गई ना, तो दोनों की वाट लग जाएगी।”

“तब भी यही चलेगी,” वैभव हँस दिया, “घरवाले नई गाड़ी दिला दें, ऐसे दिन आएँगे तब।”

छोटे से शहर की तंग गली पीछे छूटती चली गई। वही पुरानी दीवारें, चाय की दुकान से उठती भाप, और पड़ोस की चाची की घूरती नज़रें।

वैभव का घर उसी गली में था—छोटा सा, लेकिन नियमों से भरा हुआ।

कॉलेज घर से पूरे पंद्रह किलोमीटर दूर था, और ये उसका पहला साल।

उसने मन ही मन सोचा था—

कॉलेज जाते ही आज़ाद परिंदा बन जाऊँगा। कोई टोकेगा नहीं, कोई पूछेगा नहीं।

पर हुआ ठीक उल्टा।

"अबे सोच क्या रहा है?" राजेश ने पीछे मुड़कर पूछा।

"कुछ नहीं यार..." वैभव ने लंबी साँस ली,

"घरवाले आज भी मुझे स्कूल का बच्चा समझते हैं। हर बात में—'विभु ये मत कर', 'विभु वो मत कर'। कॉलेज पहुँचते-पहुँचते ही पंख कतर देते हैं।"

"और गाड़ी?"

"गाड़ी?" वैभव हँसा—सूखी हँसी।

"कहते हैं—पहले पढ़ाई कर ले, फिर देखेंगे। इसलिए तेरी इस लूना पर ही मेरी किस्मत टिकी है।"

राजेश ने हल्की-सी रफ़्तार बढ़ाई। हवा चेहरे से टकराई।

"चल कोई नहीं यार," उसने कहा,

"आज खटारा है, कल अपना ज़माना होगा।"

वैभव मुस्कुराया।

लूना आगे बढ़ती रही...

और उनके सपने, उससे भी तेज़।

तंग गलियों से निकलकर लूना अब मुख्य सड़क पर आ चुकी थी। सुबह के करीब नौ बजने वाले थे। कॉलेज में पहला लेक्चर ठीक नौ बजे शुरू होता था—और इस वक्त लूना की सुई जितनी आगे बढ़ रही थी, उससे साफ़ था कि घंटी बजने से पहले पहुँचना नामुमकिन है।

राजेश ने पूरी ताक़त से एक्सीलेटर घुमाया। लूना ने जैसे विरोध में कराहते हुए रफ़्तार पकड़ी।

"चल यार, चल... आज इज़्ज़त का सवाल है।" उसने बुदबुदाते हुए कहा।

पीछे बैठे वैभव के हाथ बेचैनी में आपस में उलझे थे। कभी नाखून चबाता, कभी सड़क किनारे भागते दुकानदारों, स्कूल जाती बच्चियों और साइकिल पर झूलते लड़कों को देखता। हर गुजरते पल के साथ उसकी धड़कन तेज़ हो रही थी।

थोड़ी देर बाद उसने हार मान ली।

"यार सुन..." उसने कंधे पर हाथ रखते हुए कहा,

"आज तो लेट हो ही गए हैं। सीधा कैंटीन ही चलते हैं क्या? कम से कम पेट तो खुश रहेगा।"

राजेश ने सामने लगे टूटे-से शीशे में खुद को देखा, फिर हल्की-सी मुस्कान होंठों पर आ गई।

"चल ठीक है," उसने कहा,

"लेकिन समोसा तू खिलाएगा बे। रोज़ मेरी सवारी करता है, आज जेब ढीली कर।"

"अरे हाँ-हाँ, खिला दूँगा!" वैभव झल्लाया,

"कंजूस कहीं का। अब इधर-उधर ताकना बंद कर और देख—"

उसने आगे की ओर इशारा किया,

"रिक्शेवाले भैया भी हमें काट के निकल गए। भगा अपनी इस खटारा को, वरना कैंटीन में भी लाइन लग जाएगी।"

राजेश ने दाँत भींचे और लूना को और ज़ोर से दौड़ा दिया।

"देख लेना, एक दिन अपनी बाइक आएगी, तब इन रिक्शों को धूल चटाएँगे।"

वैभव हँस पड़ा।

"हाँ यार... तब टकलू सर भी पहचानेंगे कि ये वही लड़के हैं, जो कभी लेट होते थे।"

लूना सड़क पर आगे बढ़ती रही—

और दोनों दोस्तों के सपने, उसके शोर से भी ज़्यादा तेज़ थे।

करीब पच्चीस मिनट की भागदौड़ के बाद दोनों कॉलेज पहुँचे। दूर से ही घंटी की आवाज़ आई—मतलब साफ़ था, गुप्ता सर उर्फ़ टकलू सर का लेक्चर अब खत्म होने ही वाला था।

"चल... चल..." राजेश ने फुसफुसाते हुए कहा,

"आज नज़र पड़ गई ना, तो नाम कटेगा कॉलेज से।"

दोनों इधर-उधर देखते हुए ऐसे निकले, जैसे कॉलेज में नहीं, किसी जासूसी मिशन पर आए हों। क्लासरूम की तरफ़ जाने के बजाय उन्होंने सीधा मोड़ काटा—कैंटीन की ओर।

कैंटीन में घुसते ही पुरानी तेल की महक नाक से टकराई। सामने काली प्लास्टिक की कुर्सियाँ पड़ी थीं—कुछ सीधी, कुछ टेढ़ी और कुछ ऐसी कि ज़रा-सी लापरवाही में धड़ाम।

"रुक... पहले चेक कर ले," वैभव ने कुर्सी को हल्का सा दबाते हुए कहा,

"पिछली बार रमेश ऐसे बैठा था कि पूरा सेमेस्टर याद रखेगा।"

राजेश हँस पड़ा और दूसरी कुर्सी खींचते हुए बोला,

"हाँ बे, यहाँ पढ़ाई से ज़्यादा हड्डियाँ टूटती हैं।"

कैंटीन का मेन्यू हमेशा की तरह छोटा और साफ़ था—
समोसा या ब्रेड पकौड़ा, साथ में इमली की पतली चटनी।
बस। कोई चिकचिक नहीं, कोई "आज क्या लोगे?" नहीं।
"समोसा या ब्रेड?" वैभव ने पूछा।
"समोसा।"
"दो।"
"और चटनी ज़्यादा डालना," राजेश ने काउंटर की ओर चिल्लाकर कहा।

लकड़ी के सात-आठ बड़े टेबल बिना किसी सनमाइका के यूँ ही पड़े थे—खुरदरे, पुराने और भरोसेमंद। जैसे चाहे कुर्सी लगाओ, जैसे चाहे बैठो। कॉलेज की राजनीति से लेकर मोहब्बत तक, सब इन्हीं टेबलों पर तय होती थी।

बैठते ही राजेश ने पैंट की पिछली जेब से अपनी काली छोटी-सी कंघी निकाली। शीशा तो था नहीं, सामने रखी स्टील की केतली में ही खुद को देखा और बाल ठीक करने लगा।

"अबे," वैभव ने चिढ़ाते हुए कहा,
"कैंटीन में भी हीरो बनना है क्या?"
"हीरो नहीं तो क्या," राजेश मुस्कुराया,
"कॉलेज में पहचान तो स्टाइल से ही बनती है।"
इतने में समोसे आए—गरम, भारी और खुशबूदार।
वैभव ने पहला कौर लिया और सुकून से बोला,
"चल अच्छा है... कम से कम टकलू सर की डाँट से तो बच गए।"
राजेश ने हँसते हुए चाय का घूँट लिया।
"आज बच गए हैं," उसने कहा,
"कल फिर किस्मत आज़माएँगे।"
कैंटीन के शोर में दोनों की हँसी घुल गई—
और कॉलेज लाइफ़, धीरे-धीरे अपनी रफ़्तार पकड़ने लगी।
"क्या है यार, जब देखो तब अपने बाल ही जमाता रहता है।"
वैभव ने मुस्कुराते हुए राजेश की चुटकी ली।
"ज़्यादा कंघी मत चलाया कर, वरना सीधा गुप्ता सर बन जाएगा।"
राजेश ने नकली गुस्से से उसे देखा।
"अबे, टकलू सर से कंपेयर करेगा तो दोस्ती तोड़ दूँगा।"

कैंटीन में उस वक़्त इक्का-दुक्का ही स्टूडेंट थे। कॉलेज कहने को को-एड था, मगर लड़कियाँ गिनी-चुनी। तीस साल पहले इंजीनियरिंग में लड़कियाँ वैसे भी

ज़्यादा नहीं दिखती थीं।

राजेश की निगाहें बार-बार कॉरिडोर की तरफ़ चली जातीं। उसे पता था—लेक्चर खत्म होते ही सारे दोस्त और कुछ खास लोग यहीं का रुख़ करते हैं।

"ताड़ना बंद कर।"

वैभव ने उसे टोकते हुए कहा और गरम समोसे को इमली की चटनी में अच्छे से डुबो दिया।

"ले, तेरा फ्री का समोसा। आ जा बैठ जा। पूरा दिन कॉलेज में ही है भाई—जिसे देखना है, देख लेना।"

राजेश मुस्कुराया और कुर्सी खिसकाकर बैठ गया।

"तू बड़ा समझदार हो गया है रे आजकल।"

कागज़ की प्लेट में लाल चटनी बह रही थी। दोनों दोस्त बिना किसी जल्दी के समोसे का मज़ा ले रहे थे—जैसे यही उनकी सबसे बड़ी ज़िम्मेदारी हो।

तभी पीछे से कुर्सी सरकने की आवाज़ आई।

राजेश ने पलटकर देखा।

उनकी ही क्लास की निधि खड़ी थी—साथ में उसकी दो सहेलियाँ।

हल्की-सी मुस्कान, कंधे पर बैग और आँखों में वही कॉलेज वाली बेपरवाही।

वैभव ने धीरे से कोहनी मारी।

"अब क्या हुआ?" उसने फुसफुसाकर पूछा।

राजेश ने नज़रें वापस प्लेट पर गड़ा लीं, लेकिन आवाज़ लड़खड़ा गई।

"कुछ नहीं... समोसा ठंडा हो रहा है।"

पीछे कुर्सियाँ खिसकीं, हँसी की हल्की आवाज़ आई।

कैंटीन वही थी—

मगर माहौल अब कुछ और हो गया था।

लड़कियों के ग्रुप को देखते ही राजेश ने आदतन बाल सँवारे, और वैभव ने अपनी कॉलर सीधी की—जैसे अचानक दोनों को याद आ गया हो कि वे कॉलेज में हैं, घर की गली में नहीं।

दोनों तिरछी नज़रों से देखने की कोशिश कर रहे थे, मगर ऐसे कि पकड़े भी न जाएँ।

"मैं कुछ नहीं खाऊँगी,"

सरिता ने मुस्कुराते हुए कहा और अपने बैग से स्टील का गोल डिब्बा निकाला।

"मम्मी ने मेथी के पराठे दिए हैं।"

"अच्छा है," निधि ने काउंटर की ओर देखते हुए कहा,

"मैंने एक ब्रेड पकौड़ा और दो समोसे बोल दिए हैं। सब मिलकर खा लेंगे।"

उसने बीस रुपए काउंटर पर रखे और खनकते हुए पाँच रुपए वापस बैग में डाल लिए।

राजेश ने वैभव की तरफ़ देखा।

"सुना? 'सब मिलकर'..."

"हाँ," वैभव ने दबे स्वर में कहा,

"मतलब हम भी शामिल हैं।"

तभी पीछे से भारी-सी आवाज़ गूँजी—

"ये रहे दोनों!"

दोनों ने चौंककर पलटकर देखा।

"देखो कैसे समोसे उड़ा रहे हैं।"

नितिन खड़ा था—पूरा कॉन्फ़िडेंस, भारी आवाज़ और चेहरे पर शरारती टाइप मुस्कान।

"क्यों भाई, लेक्चर में आने में क्या दिक्कत है? सर आज पूछ रहे थे तुम दोनों को।"

थोड़ा रुककर उसने डराने वाला डायलॉग फेंका—

"कल लगेगी क्लास तुम दोनों की।"

"अरे नहीं यार..." वैभव ने हड़बड़ाते हुए कहा,

"वो लूना..."

"हाँ-हाँ, लूना, बस, समझ गया।"

नितिन ने बात काट दी और कुर्सी खींचकर राजेश के बाजू में बैठ गया।

उसके साथ तीन-चार और दोस्त भी आ गए। कुर्सियाँ खिसकीं, कोई ठीक से बैठा, तो कोई आधी कुर्सी पर टिक गया। सब किसी तरह एडजस्ट हो गए।

"चल हट, ज़रा साइड दे।"

"अबे पैर मत चढ़ा।"

"समोसा पास कर।"

कैंटीन में देखते ही देखते हल्ला-गुल्ला शुरू हो गया।

लड़कियाँ अपनी प्लेट सजाने लगीं, लड़के हँसी-मज़ाक में एक-दूसरे की टाँग खींचने लगे।

राजेश ने समोसे का कौर लेते हुए धीरे से कहा,

"यार, कॉलेज बुरा नहीं है।"

वैभव हँस पड़ा।

"बस टकलू सर कम हो जाएँ, तो स्वर्ग है।"

और कैंटीन—

कॉलेज की सबसे ज़िंदा जगह बन गई।

निधि, सरिता और उनकी बाकी सहेलियाँ लड़कों की तरफ़ देखकर खी-खी कर हँस रही थीं। आवाज़ इतनी धीमी थी कि सामने बैठे लड़कों तक न पहुँचे, लेकिन बातों में शरारत पूरी थी।

"ये लड़के कैंटीन में कितना हल्ला करते हैं,"

निधि ने अपनी चोटी आगे लाते हुए कहा।

"ये वैभव तो पहला लेक्चर कभी अटेंड ही नहीं करता।"

सरिता ने मेथी के पराठे का टुकड़ा तोड़ा, उसे आम के अचार में डुबोया और मुँह में डालते हुए बोली,

"और ये राजेश... बस अपने बाल ही ठीक करता रहता है।"

फिर हल्का-सा मुँह बना कर जोड़ा,

"और वो नितिन—पता नहीं खुद को क्या समझता है। घमंडी कहीं का।"

तीनों हँस पड़ीं।

कैंटीन का शोर उनके ठहाकों में और घुल गया।

उधर वैभव ने नीचे रखी अपनी बैग उठाई और कुर्सी पीछे सरकाते हुए बोला,

"चलो यार, दूसरा लेक्चर शुरू होने वाला है। इसमें भी एब्सेंटी लग गई ना, तो सेमेस्टर गया।"

राजेश ने आख़िरी कौर मुँह में डाला, फिर अनायास ही लड़कियों के ग्रुप की तरफ़ एक नज़र दौड़ा दी।

लूना की चाबी उँगली में घुमाते हुए उसने जानबूझकर ऊँची आवाज़ में कहा,

"हाँ भाई, निकलो। आज लाइब्रेरी भी जाना है मुझे।"

वैभव ने उसे घूरकर देखा।

"लाइब्रेरी? तू?"

"हाँ बे," राजेश ने मुस्कुराते हुए कंधे उचकाए,

"लड़कियों को पढ़ाकू लड़के पसंद होते हैं—ये तो सब जानते हैं।"

कैंटीन के उस कोने से निधि और सरिता सब देख रही थीं।

कनखियों से।

और होंठों पर हल्की-सी मुस्कान थी।

"देखो," सरिता ने दबे स्वर में कहा,

"लाइब्रेरी जाने वाला बन रहा है।"

निधि हँसी रोकते हुए बोली,

"जानती हूँ... इनमें से कोई भी पढ़ाकू नहीं है। सब के सब बैकबेंचर हैं।"

लड़के बैग टाँगकर निकल पड़े।

लड़कियाँ मुस्कुराती रहीं।

कॉलेज की गलियों में ये छोटी-छोटी बातें ही तो थीं—

जो बाद में यादें बनती हैं।

कॉलेज का पहला साल।

ज़िंदगी में पहली बार मिली आज़ादी।

उन्नीस–बीस की उम्र में जो खास अहसास दिल के अंदर हलचल मचाता है, वही सब कुछ चारों ओर महसूस हो रहा था। ज़माना भले पुराना था, पर जज़्बात वही—जो हर दौर में होते आए हैं।

किसी के लिए दिल का अचानक तेज़ धड़कना,

किसी खास चेहरे को देखने की बेकरारी,

और उस खास से मन ही मन चलती अनकही बातों का सिलसिला।

पर बात तो तब बनती है,

जब नज़रें मिलें...और कहानी आगे बढ़े।

वैभव घर में तीन भाई-बहनों में मंझला था।

जैसा कि दुनिया जानती है—पहला बेटा सबका लाडला, छोटा सबका दुलारा... और मंझला अक्सर बीच में कहीं खो जाता है। वैभव के साथ भी यही था।

घर में वह हमेशा थोड़ा-सा अनदेखा रह गया।

लेकिन इंजीनियरिंग कॉलेज में एडमिशन लेते ही तस्वीर कुछ बदली।

पूरे खानदान में पहला इंजीनियर वही बनने वाला था।

अब उसकी पढ़ाई को लेकर घर में खास ख्याल रखा जाने लगा।

मेहमानों की आवाजाही बढ़ गई—रिश्तेदार, पड़ोसी, जान-पहचान वाले...

कोई भी टाइम-बे-टाइम चला आता।

ऐसे माहौल में पढ़ाई?

नामुमकिन।

एक दिन दोस्तों ने साफ़ सलाह दे दी—

"भाई, जोशी अंकल के घर के ऊपर एक कमरा है। वहीं शिफ्ट हो जा। वरना सेमेस्टर में पास होना भी मुश्किल है।"

जोशी अंकल, वैभव के पिता की पहचान के ही थे।

बिना किसी वाद-विवाद के इजाज़त मिल गई।

और एक शाम वैभव अपना ज़रूरी सामान उठाकर अपने नए कमरे में आ गया।

कमरा छोटा था, पर आज़ादी बड़ी।

"वाह विभु! तेरे तो मज़े हैं।"

नितिन ने कंधे पर हाथ रखते हुए कहा।

"अब जो मन आए करे। कोई रोक-टोक नहीं।"

"पढ़ाई करना भाई।"

राजेश ने आदतन बालों पर हाथ फेरते हुए टोका।

"लव-लेटर लिखने के लिए कमरा नहीं मिला है तुझे, समझा क्या!"

वैभव बैग खोलते हुए मुस्कुरा दिया।

"अबे, सालों—पहले मेरा सामान जमाओ।"

फिर हल्की झुंझलाहट के साथ जोड़ा,

"और हाँ... विभु नहीं, वैभव बोल कर यार।"

तीनों हँस पड़े।

कमरे में अभी सिर्फ़ एक पलंग, एक मेज़ और कुछ सपने थे—

पर वहीं से

वैभव की असली कॉलेज ज़िंदगी शुरू हो रही थी।

परीक्षा का समय पास आ रहा था।

कॉलेज की हवा ही बदल गई थी।

अब कैंटीन में हँसी कम और लाइब्रेरी में सरगोशियाँ ज़्यादा सुनाई देती थीं। नोट्स इधर-उधर घूम रहे थे, पुराने सवालों पर माथापच्ची हो रही थी।

निधि का पूरा ग्रुप अब रोज़ लाइब्रेरी में दिखता।

वैभव, राजेश और नितिन भी—बस पास हो जाने की आस में—पढ़ाई में लग चुके थे।

परीक्षा नज़दीक थी, इसलिए कॉलेज में गिने-चुने बच्चे ही आते।

आज प्रैक्टिकल था—सबको ठीक नौ बजे पहुँचना था।

आज कोई भी लेट होने का रिस्क नहीं ले सकता था।

जैसे ही वैभव और उसके दोस्त क्लास में पहुँचे—

एक नया चेहरा।

सामने की सीट पर हल्के गुलाबी रंग की सलवार-कमीज़ पहने एक लड़की बैठी थी।

मैचिंग दुपट्टा—इतना लंबा कि ज़मीन को छू रहा था।

सिर झुका हुआ, पूरी तन्मयता से किताब में डूबी।

लड़के एक पल को जैसे ठिठक से गए।

पीछे से लड़कियों की आवाज़ आई—

"ज़रा जगह दो न, हमें क्लास में जाना है।" निधि ने कहा।

लड़के आदतन पीछे की बेंचों पर जाकर बैठ गए।

सरिता ने आगे झुककर नई लड़की से पूछ ही लिया—

"न्यू एडमिशन?"

लड़की ने मुस्कुराकर जवाब दिया, "हाँ... एडमिशन तो पहले हो गया था, लेकिन हम कुछ दिन पहले ही यहाँ शिफ्ट हुए हैं। पापा का ट्रांसफर हुआ है। प्रिंसिपल सर से बात हो गई थी।"

फिर सहजता से जोड़ा—

"आज प्रैक्टिकल है न? वैसे मैं दो दिन से आ रही हूँ। सर ने सब समझा दिया है।"

पीछे बैठे लड़कों का ध्यान किताबों में कम और बातों में ज़्यादा था।

तभी सर क्लास में आ गए।

अटेंडेंस शुरू हुई।

"प्रियंका अवस्थी!"

गुलाबी सूट वाली लड़की खड़ी हुई— "यस सर।"

पूरी क्लास में नज़रें एक-दूसरे से टकराईं—

ओह... तो नाम है प्रियंका।

सर ने छोटा-सा इंट्रो दिया और प्रैक्टिकल समझाने लगे।

प्रियंका बाकी लड़कियों के साथ बैठ गई—पूरी तल्लीनता से सुनती हुई।

प्रैक्टिकल खत्म होते ही अगली परीक्षा की चर्चा शुरू हो गई।

तभी गुप्ता सर आए—

"प्रियंका, तुम किसी से नोट्स ले लेना। अपना काम पूरा करके सोमवार को सबमिट कर देना।"

कॉलेज से निकलते वक्त वैभव और राजेश अपनी लूना के पास पहुँचे।

वहीं थोड़ी दूरी पर प्रियंका खड़ी थी।

उसने दुपट्टे को पीछे से गाँठ लगाई, स्कूटर स्टार्ट किया और कॉलेज गेट से बाहर निकल गई।

"भाई, चली गई वो। तू बैठ जल्दी, हम भी चलते हैं।" राजेश ने कहा।

वैभव जैसे हड़बड़ा गया। चुपचाप पीछे बैठ गया।

प्रियंका उनके सामने ही जा रही थी।

वैभव की नज़र उससे हट ही नहीं रही थी।

मन में एक ख्याल आया—

कहीं ये मेरे कमरे के आसपास तो नहीं रहती...

और सचमुच— जोशी जी के घर के ठीक सामने वाली गली में प्रियंका ने स्कूटर मोड़ लिया।

मतलब— बस एक गली का फासला।

“भाई उतर यार!”

राजेश ने पैर से लूना रोकते हुए कहा,

“आ गया तेरा कमरा या मेरे घर जाने का इरादा है?”

वैभव हड़बड़ाकर उतरा।

“अबे चल जा अपनी खटारा लेकर।”

बात राजेश से कर रहा था,

पर नज़र प्रियंका को ढूँढ रही थी।

राजेश हँसता हुआ निकल गया।

गीत गुनगुनाते हुए वैभव अपने कमरे में पहुँचा।

छोटे से आइने में खुद को देखा, बाल सँवारे और खुद से बुदबुदाया—

“स्मार्ट तो मैं बहुत हूँ।”

बैग से किताबें निकाली...

और पढ़ाई में लग गया।

अब तो ये रोज़ का किस्सा बन गया था।

प्रियंका और वैभव लगभग एक ही समय निकलते,

और साथ ही लौटते।

अब वैभव पहले से तैयार होने लगा था।

चेहरे पर पॉन्ड्स पावडर, थोड़ा-सा परफ्यूम,

चप्पल की जगह जूते, और कपड़े—इस्त्री वाले।

पढ़ाई भी चल रही थी...और दिल की कॉपी में, एक नया चैप्टर

चुपचाप लिखा जा रहा था।

करीब दस–बारह दिन बीत गए।

परीक्षाएँ भी खत्म हो चुकी थीं।

कॉलेज फिर से अपनी रफ़्तार पकड़ने लगा था।

प्रियंका अब निधि के ग्रुप के साथ पूरी तरह घुल-मिल गई थी।

क्लास के लड़कों के बीच धीरे-धीरे खुसुर-फुसुर शुरू हो गई—

वैभव को प्रियंका के लिए कुछ ज़्यादा ही स्पेशल फीलिंग है।

रविवार की सुबह थी। कॉलेज की छुट्टी। आसमान साफ़ था और हवा में हल्की ठंडक।

वैभव किताब हाथ में लेकर घर की छत पर टहलने लगा।

अंगड़ाई ली, इधर-उधर नज़र दौड़ाई...

और तभी— पास वाली छत पर प्रियंका।

एक पल को वैभव जैसे ठिठक गया।

दिल ने कहा—आज तो दिन बन गया।

प्रियंका ने भी उसे देख लिया।

नज़रें टकराईं...

बस एक पल।

फिर वह बिना कुछ कहे नीचे चली गई।

वैभव कुछ देर वहीं खड़ा रहा।

शायद वापस आएगी...

शायद ऊपर आएगी...

पर ऐसा कुछ नहीं हुआ।

आख़िरकार वह निराश-सा कमरे में लौट आया।

कॉलेज में अब पढ़ाई ज़ोर-शोर से शुरू हो चुकी थी।

रेफ़रेंस बुक्स के लिए सब अपने-अपने जुगाड़ लगा रहे थे।

किसी की पहचान, किसी की सिफ़ारिश।

वैभव लाइब्रेरी में अलमारियों के बीच घूम रहा था।

एक किताब निकालता, पलटता, फिर रख देता।

तभी पीछे से आवाज़ आई— "वैभव, तुझे बुक मिली क्या?"

वह पलटा।

निधि थी।

साथ में प्रियंका।

"हाँ," वैभव ने थोड़ा सँभलते हुए कहा,

"आज एक इश्यू करवाई है। दूसरी ढूँढ रहा हूँ।"

प्रियंका ने किताबों की तरफ़ देखते हुए पूछा—

"क्या तुम नोट्स बनाकर बुक मुझे दे दोगे?"

वैभव ने बिना सोचे जवाब दे दिया—

"हाँ... हाँ! या फिर पहले तुम ही ले लो। बाद में मुझे दे देना।"

इतना कहते ही उसने किताब प्रियंका की तरफ़ बढ़ा दी।
प्रियंका मुस्कुराई। “थैंक यू, वैभव।”
और उसी पल
वैभव के दिल में जैसे
एक साथ कई सितार बज उठे।
वह चुपचाप खड़ा रह गया—
किताब हाथ में नहीं थी,
पर दिल भरा हुआ था।
तीन दिन बीत गए थे।
वैभव अपने कमरे में पढ़ाई में लगा था कि नीचे से जोशी जी की आवाज़ आई—
“विभु... नीचे आओ।”
वह किताब बंद कर लगभग दौड़ता हुआ नीचे उतरा।
सामने प्रियंका खड़ी थी—हाथ में वही किताब।
“वो... मैं कुछ दिनों के लिए बाहर जा रही हूँ,”
उसने किताब आगे बढ़ाते हुए कहा,
“सोचा, किताब दे दूँ।”
“अरे!” वैभव के मुँह से अचानक निकल गया, “क्यों जा रही हो?”
फिर तुरंत सँभलते हुए— “मेरा मतलब... कहाँ जा रही हो?”
“दादी से मिलने।”
“कब आओगी?”
प्रियंका ने उसे देखा।
“दो–चार दिन में। क्यों पूछा?”
“नहीं... बस ऐसे ही।”
“ओके। मैं चलती हूँ। बाय।”
“मैं बाहर तक आता हूँ न...”
जो सिर्फ़ पंद्रह कदम थे—
पर वैभव के लिए किसी सपने से कम नहीं।
पहली बार वह किसी लड़की के इतना पास चल रहा था।
प्रियंका नीले रंग की सलवार-कमीज़ में थी।
बाल खुले हुए।
कंधे पर बैग।
पैरों में कोल्हापुरी चप्पल।

और कलाई में सुनहरे रंग का पतला-सा ब्रेसलेट।
"चलो... बाय।"
"ओके... फिर मिलते हैं, प्रियंका।"
थोड़ा रुककर— "थैंक यू।"
यह पहली बार था, जब वैभव ने उसका नाम लिया।
प्रियंका पैदल अपने घर की ओर बढ़ गई।
वैभव तब तक वहीं खड़ा रहा—
बस उसे देखता हुआ।
फिर जैसे होश आया।
उछलता-कूदता ऊपर अपने कमरे में पहुँचा।
प्रियंका की दी हुई किताब को उसने सीने से लगा लिया।
कुछ गुनगुनाने लगा—खुद ही नहीं जानता क्या।
किताब खोली।
पन्ने पलटता गया।
और हर पन्ने के साथ
उसके होंठों पर मुस्कान फैलती गई।
तभी नीचे से आवाज़ आई—
"विभु... ओ वैभव! नीचे आ जल्दी।"
"क्या है यार?"
वह ऊपर से ही बोला,
"क्यों चिल्ला रहा है? क्या आफ़त आ गई है?"
"अबे साले, याद नहीं क्या? आज मूवी जाना है।"
नितिन चिल्लाया।
"राजेश पहुँच गया होगा। चल जल्दी।"
"अरे! हाँ-हाँ... अभी आया।"
"पता नहीं किसके ख़यालों में खोया रहता है आजकल,"
नितिन बड़बड़ाया, "कुछ याद ही नहीं रहता गधे को।"
प्रियंका के जाने के बाद वाला हफ़्ता
वैभव के लिए जैसे निकल ही नहीं रहा था।
उसकी गैरमौजूदगी में
दिल मानो रो रहा था।
कहीं मन नहीं लगता।

"क्या हुआ भाई? भाभी की याद आ रही है?"

नितिन ने चुटकी ली।

"यार फालतू बकवास मत कर।" वैभव झुंझला गया।

"कुछ सीन है तेरा तो बोल दे एक बार उसको।" राजेश ने बात आगे बढ़ाई।

"देखो-देखो, लड़कियों की तरह इसके गाल लाल हो गए।"

नितिन फिर हँसा।

"देख बे, अगर कुछ है तो बोल दे।"

वह दाँत निकालते हुए बोला,

"ज़्यादा से ज़्यादा ना बोलेगी... या भाई से पिटवा देगी।"

"तुम लोग पागल हो क्या सालों?"

वैभव चिढ़ गया।

"कुछ भी बकवास किए जा रहे हो। बस एक बार ही बात हुई है हमारी।"

यह झूठ था—और उसे खुद पता था।

"और क्या बोलूँ... और कैसे?"

अचानक दिल की बात ज़ुबान पर आ गई।

"कुछ पता भी तो नहीं।"

कमरे में एक पल की ख़ामोशी छा गई।

फिर नितिन ने आँख मारी—

"तो फिर शुरू करें?"

राजेश मुस्कुराया—

"मिशन।"

और वहीं से शुरू हुआ—

मिशन : कैसे प्रेम-संदेश पहुँचाया जाए?

कई ऊल-जुलूल और फालतू आइडिया सुन-सुनकर वैभव का माथा भन्ना गया था।

कभी कोई कहता—चिट्ठी बेंच में रख दे,

तो कोई—गाने की कैसेट भेज दे,

कोई तो यहाँ तक बोल गया—नितिन से कहलवा दे।

"बस!" वैभव ने आखिर तैश में आकर कहा,

"प्रेम-पत्र का आइडिया कैंसिल। पहले दोस्ती जरूरी है।"

इतना सुनते ही सारे दोस्त ऐसे मुँह लटका कर बैठ गए जैसे उनका कोई सीरियल बंद हो गया हो।

"अरे यार!"
नितिन ने निराश होकर कहा,
"इतना माल-मसाला मिलने वाला था... सब पानी में गया।"
"खैर!"
राजेश ने कंधे उचकाए,
"कम से कम हमारे ग्रुप में कोई तो है जो प्रेम-रोग का पेशेंट बना।"
और इसी बात पर सब मेंढकों की तरह उछलने लगे—
हमारे ग्रुप में भी अब लव-स्टोरी है!
साल खत्म हो गया।
वैभव अब भी अपनी कहानी की पहली पायदान पर ही खड़ा था।
बात बस पढ़ाई, नोट्स और रेफरेंस तक ही सिमटी हुई थी।
दूसरा साल शुरू हुआ।
अब जनाब कैंटीन में साथ दिखने लगे—
लेकिन अकेले नहीं, पूरे झुंड के साथ।
कभी-कभार आँखें मिल जातीं,
प्रियंका हल्का-सा शरमा जाती,
और पीछे से दोस्तों की फुसफुसाहट आती—
"हँसी तो फँसी!"
इन्हीं दिनों राजेश कुछ समय के लिए नाना के घर चला गया।
अब वैभव को कॉलेज आने-जाने के लिए टेम्पो पकड़ना पड़ता—
वही बड़ा-सा ऑटो,
आठ सीटों में पंद्रह लोग ठूँस दिए जाते।
एक दिन कॉलेज से लौटते वक्त प्रियंका ने सहज-सी आवाज़ में कहा—
"चलो, मैं छोड़ दूँगी तुम्हें।"
इतना सुनते ही वैभव सीधे सातवें आसमान पर पहुँच गया।
"अरे... नहीं, मैं चला जाऊँगा।"
"एक ही जगह तो जाना है।"
प्रियंका मुस्कुराई,
"टेम्पो कब आएगी, पता नहीं। चलो।"
"अच्छा... ठीक है।"
वैभव ने हिम्मत जुटाई,
"तुम... डबल सीट चला लोगी न?"

"अरे डरते क्यों हो!"
प्रियंका हँसी,
"भैया को लेकर जाती हूँ।"
भैया...
शब्द कानों में पड़ा और
हीरो के होश उड़ गए।
"अरे! नितिन आ गया!"
वैभव ने हड़बड़ाकर कहा,
"मुझे उससे ज़रा काम है। मैं बाद में आ जाऊँगा। तुम जाओ।"
और वह
दुम दबाकर भागा।
धीरे-धीरे प्रियंका और वैभव दोस्त बन चुके थे।
दोनों को एक-दूसरे का साथ अच्छा लगता था।
वैभव की लिखी कविताएँ प्रियंका को पसंद आतीं।
सांस्कृतिक कार्यक्रमों में वह अक्सर कविता-पाठ के ज़रिए
अपने दिल की बात कह जाता।
प्रियंका समझ पाती थी या नहीं—
ये वह कभी जान नहीं पाया।
कई बार दोनों छत से
एक-दूसरे को हाथ हिलाकर
बस "हाय" कर लेते।
इतने में एक खास मौका हाथ आ गया—
प्रियंका का जन्मदिन।
सरिता और निधि के ज़रिए लड़कों को पता चल गया—
11 नवंबर।
गुलाबी ठंड शुरू हो चुकी थी।
वैभव चाहता था कि 10 की रात ठीक 12 बजे सबसे पहले वही उसे बधाई दे।
"तो फिर सुन..." राजेश ने भौंहें चढ़ाते हुए कहा,
"एक कार्ड दे दे। और वो तीन मैजिकल वर्ड भी लिख देना।"
"नहीं रे!" नितिन उछल पड़ा,

"पटेल फूलवाले से गुलदस्ता बनवा। उसमें 'I Love You' वाली की-चेन डालकर दे दे।"

"दोनों ही दे दूँ तो?" वैभव फुदकते हुए बोला।

नितिन ने दाँत निकाले— "हिम्मत है न साले? वरना आख़िरी वक्त पर फिर बिदक जाएगा।"

कमरे में कुछ सेकंड की ख़ामोशी छा गई।

फिर वैभव ने गहरी साँस ली—"इस बार... पीछे नहीं हटूँगा।"

दोस्तों ने एक-दूसरे को देखा।

मिशन अब अगले लेवल पर पहुँच चुका था।

बहुत हिम्मत जुटाकर अलग-अलग फूलों का गुलदस्ता खरीदा गया।

कार्ड भी ले लिया गया। लेकिन असली जंग तो अब शुरू हुई थी।

"डियर प्रियंका..." वैभव ने रफ कॉपी में लिखा।

फिर काट दिया।

फिर लिखा।

फिर काट दिया।

पच्चीसवीं बार जाकर कहीं हाथ नहीं काँपा।

तब जाकर कार्ड में बड़े जतन से लिखा गया—

"Dear Priyanka"

कार्ड भले ही बर्थडे का था,

पर डर ऐसा लग रहा था मानो सीधे प्रपोज कर रहा हो।

"आई लव यू लिख दूँ?" सोचा।

सोचते ही घिग्घी बँध गई।

आख़िरकार सर्वसम्मति से फैसला हुआ—

रात 12 बजे जाने का प्लान कैंसिल।

"भाई, सीधे-सीधे मरने का शौक है क्या?" नितिन ने कहा था।

तो तय हुआ— 11 की सुबह। कॉलेज में।

सुबह वैभव कार्ड और गुलदस्ता लेकर कॉलेज पहुँचा—

बीस मिनट पहले। प्रियंका क्लास में आई।

लाल सलवार-कमीज़ में बेहद हसीन।

वैभव की धड़कन ने सीधा स्पीड ब्रेकर तोड़ दिया।

सारी लड़कियाँ उसे घेरकर खड़ी हो गईं।

वैभव और उसके दोस्त थोड़ा पीछे।

प्रियंका की नज़र पड़ी वैभव पर।

वैभव एक कदम आगे बढ़ाने ही वाला था कि—

"गुड मॉर्निंग क्लास..." सर आ गए।

पूरा प्रोग्राम ध्वस्त।

ब्रेक हुआ।

वैभव ने गहरी साँस ली, हिम्मत जुटाई

और गुलदस्ता-कार्ड लेकर उसके सामने जा खड़ा हुआ।

"हैप्पी बर्थडे..."

प्रियंका मुस्कुराई—

"ओह! थैंक यू।"

"पर इसकी क्या ज़रूरत थी?"

वैभव के मुँह से निकला, "अरे... हम सबकी... पूरी क्लास की तरफ से है। रख लो।"

पीछे खड़े दोस्तों ने एक साथ सिर पीट लिया।

"साले ने खुद ही सेल्फ गोल कर लिया।" नितिन बड़बड़ाया।

वैभव मन ही मन खुद को गालियाँ दे रहा था।

लेकिन अब ट्रेन छूट चुकी थी।

साल खत्म हो गया।

इज़हार-ए-मोहब्बत अब भी अधूरा।

तीसरे साल

पिता ने वापस घर बुला लिया—

क्योंकि अब अलग कमरा बन चुका था।

बिना मन के प्रियंका की गली छोड़ी।

छत पर खड़े होकर उसका इंतज़ार करना बहुत याद आता था।

आख़िर एक दिन हिम्मत करके छोटा-सा खत लिखा।

लाइब्रेरी की किताब में रखकर प्रियंका तक पहुँचा दिया।

अगला दिन—

हाथ ठंडे। पैर सुन्न। हड्डियाँ मानो गल रही हों।

प्रियंका आई।

सामान्य बातें। साथ खाना। कोई रिएक्शन नहीं।

"वो... मैंने कल किताब दी थी..."

वैभव ने काँपती आवाज़ में पूछा।

"वो घर पर ही है।" प्रियंका बोली,

"कल नोट्स नहीं बना पाई। कल दे दूँगी।"

वैभव की हालत, काटो तो खून नहीं वाली हो चुकी थी।

अगले चौबीस घंटे सालों जैसे गुज़रे।

कॉलेज पहुँचा। प्रियंका नहीं आई।

बुरे-बुरे ख़याल दिमाग़ में घुस आए।

खुद को प्रियंका के भाई से पिटते देख लिया।

पापा का घूँसा, माँ की चप्पल— सब महसूस कर लिया।

"आज प्रियंका नहीं आई?" निधि से पूछ ही लिया।

"नहीं।" निधि बोली,

"अचानक चाचा के घर गई है। कल रात मेरे घर आई थी। तुम्हारी किताब दी है। ये लो।"

वैभव ने किताब छीनी और क्लास से बाहर मैदान के पेड़ के नीचे जा बैठा।

पन्ने पलटे।

एक-एक।

कहीं कोई खत नहीं।

उसका लिखा खत भी नहीं। कुछ समझ नहीं आया।

बहुत देर तक खामोश बैठा रहा। फिर किताब बंद की।

खुद से कहा— "बस। अब काफी।"

"इन सब से ध्यान हटाकर... पढ़ाई पर ध्यान दूँगा।"

लेकिन दिल ने चुपचाप एक बात और जोड़ दी—

कुछ कहानियाँ पढ़ाई से नहीं, सब्र से पूरी होती हैं।

तीन–चार दिन यूँ ही बीत गए।

न प्रियंका कॉलेज आई, न वैभव।

वैभव एक पेपर में फेल हो गया था।

जिसका डर उसे पहले से था।

घर पहुँचा तो डाँट की पहली मिसाइल पापा ने छोड़ी—

"घर का पहला इंजीनियर बनेगा तू, ऐसा सोचा था...

और तू इतना बड़ा बेवकूफ निकला!"

वैभव चुप रहा।

माँ ने मौका नहीं छोड़ा—

"पढ़ाई छोड़कर पता नहीं किसके पीछे घूम रहा था।

अब समझ आया?

इश्क़-मोहब्बत पेट नहीं भरती।"

घर में डाँट के तोप–गोले दिन भर चलते रहे।

उस दिन इश्क, मोहब्बत, लव— सब एक गड्ढे में दफन हो गया।

कॉलेज का आख़िरी साल आ चुका था।अब कोई छत से हाथ हिलाने वाला नहीं था।

सब नौकरी की दौड़ में थे।

वैभव और प्रियंका एक-दूसरे को अनदेखा करने लगे।

दोस्तों की चुहलबाज़ी भी अब सीरियस हो चुकी थी।

"भाई, अब मज़ाक नहीं।

जॉब लगनी चाहिए।"नितिन बोला।

कैम्पस इंटरव्यू शुरू हुए।

नितिन ने बाज़ी मार ली।

राजेश भी गिरते–पड़ते नौकरी पकड़ गया।

प्रियंका की नज़र बड़े शहर पर थी।

"यहाँ रुककर क्या मिलेगा? मैं मौसी के शहर जा रही हूँ।"

उसने सरिता से कहा।

वैभव

बस हाथ–पाँव मारता रह गया।

सात महीने बीते। डिग्री हाथ में आई। सारे दोस्त अपनी–अपनी राह।

बचपना खत्म गया था। अब ज़िम्मेदारियाँ सामने थीं।

इंटरव्यू के लिए मुंबई जाने से पहले माँ ने हिदायत दी—

"ट्रेन में बाहर का कुछ मत खाना।"

पापा ने फाइल थमाते हुए कहा— "मार्कशीट, लेटर सब रख लिया है?, पैसे संभालकर रखना।

और पहुँचते ही पीसीओ से फोन करना।"

वैभव सिर हिलाता रहा।

सोमवार की सुबह ठीक नौ बजे— मुंबई की एक मल्टीनैशनल कंपनी।

वैभव ने रिसेप्शन पर नाम लिखा। कुर्सी में जाकर बैठ गया।

दिल तेज़ धड़क रहा था।

तभी—

"प्रियंका अवस्थी।" रिसेप्शनिस्ट की आवाज़।

वैभव के कान खड़े हो गए। सिर अपने आप उठ गया।

सामने से सफेद शर्ट, काली पैंट, बंधे बाल, हाथ में फाइल,कंधे पर बैग, टक–टक करते जूते—

प्रियंका।

वो बिना देखे सीधे केबिन में चली गई।वैभव बस देखता रह गया।

फिर उसकी नज़र एक चीज़ पर अटक गई—

प्रियंका के बैग पर वही पुरानी की–चेन।

वही दिल 🩶 वाला।

जो उसने कभी जन्मदिन पर दिया था।

वैभव के होंठों पर एक बड़ी सी मुस्कान फैल गई।

उसने दीवार पर टँगे कैलेंडर को देखा 11 नवंबर।

वो बुदबुदाया—"लगता है...कुछ तारीख़ें किस्मत से जुड़ी होती हैं।"

इंटरव्यू का नंबर आने से पहले दिल ने पहली बार कहा—

"शायद...कहानी अभी खत्म नहीं हुई है।"

प्रियंका के तेज़ कदमों की टक–टक आवाज़ केबिन के भीतर गुम हो गई।

वैभव वहीं खड़ा रह गया।

एक पल में सालों पुराना वो ख़त उसकी आँखों के सामने घूम गया।

क्या उसने पढ़ा होगा?

या यूँ ही कहीं रख दिया होगा?

क्या उसके दिल में भी...?

दिल बेचैन हो उठा। तभी दरवाज़ा खुला।

प्रियंका बाहर आई।

वैभव ने जैसे खुद को झटका दिया।

हिम्मत बटोरी और उसके पास गया।

प्रियंका उसे देख एक पल को ठिठकी फिर मुस्कुराई।

"ओह!! हाय!! तुम यहाँ??"

"हाँ...मुझे तुमसे कुछ बात करनी है।" वैभव की आवाज़ थोड़ी काँप गई।

प्रियंका ने घड़ी देखी, फिर उसे देखा।

"तुम अपना इंटरव्यू अच्छे से दो। मैं कैंटीन में इंतज़ार करूँगी।"

उसकी मुस्कान वैभव के दिल पर सीधा असर कर गई।

करीब चालीस मिनट बाद वैभव लगभग दौड़ता हुआ कैंटीन पहुँचा।

प्रियंका वहीं थी—

एक कोने की टेबल पर बैठी।
वैभव सामने की कुर्सी खींचकर बैठ गया।कुछ पल दोनों चुप रहे।
फिर वैभव ने
सीधे दिल से सवाल कर दिया—
“तुम्हें... मेरा लेटर मिला था?”
प्रियंका ने नज़र उठाई।
“हाँ।”
थोड़ा रुककर बोली—
“पढ़ा भी था।”
वैभव की साँस अटक गई।
“फिर...कोई जवाब क्यों नहीं दिया? अचानक चली क्यों गई थीं?”
प्रियंका ने गहरी साँस ली— “कभी-कभी जाना ज़रूरी होता है।
ताकि हम दोनों अपनी पढ़ाई और ज़िंदगी ठीक से सँभाल सकें।”
“मैं...तुम्हारा जवाब सुनना चाहता हूँ।” वैभव ने आज पूछ ही लिया।
प्रियंका मुस्कुराई।
धीरे से बोली—
“अगर जवाब ‘ना’ होता, तो न मैं आज कैंटीन में तुम्हारी राह देखती...
न ही तुम्हारा दिया पहला तोहफ़ा इतनी हिफ़ाज़त से अपने पास रखती।”
वैभव अवाक् रह गया।
“अगर...आज हमारी मुलाक़ात न होती तो...?”
प्रियंका ने उसकी बात बीच में काटी
“तो भी।
निधि और सरिता से तुम्हारे बारे में सब पता चलता रहता था।”
फिर हल्की शरारत के साथ बोली—
“और मुझे पता था आज तुम यहीं मिलोगे।
वैसे...” वो मुस्कुराई—
“आज मेरा जन्मदिन है। याद तो होगा ही।”
वैभव की आँखें चमक उठीं।
दिल जैसे सीने से बाहर आ गया हो।
वो धीरे से उठा,
अपना हाथ आगे बढ़ाया—
“Happy Birthday...”

प्रियंका ने बिना कुछ कहे उसका हाथ थाम लिया।
कैंटीन का शोर मानो कहीं दूर चला गया।
एक अधूरी मोहब्बत आख़िरकार पूरी हो गई थी।

3

इंतजार वाली मोहब्बत

कभी-कभी ज़िंदगी में सफ़र मंज़िल के लिए नहीं, साथ चल रहे लोगों के लिए किया जाता है।

कॉलेज के दिनों की शरारतें, देर रात की चाय, और बेवजह की हँसी—सब कुछ पीछे छूट गया था। अब सामने थी नौकरी की ज़िम्मेदारियाँ, समय की कमी और वीकेंड का इंतजार। ऐसे में आदित्य की ज़िद और चिराग की प्लानिंग ने तीनों दोस्तों को एक बार फिर एक ही कार में बैठा दिया था।

आदित्य के लिए यह ट्रिप व्यस्त जीवन से एकब्रेक था।

चिराग के लिए यादें समेटने का मौका। और रोहन के लिए—नींद पूरी करने का सुनहरा बहाना।

पहाड़ों की ओर जाती सड़क, खिड़की के बाहर बहती नदी और ठंडी हवा—सब कुछ जैसे किसी कहानी की पृष्ठभूमि तैयार कर रहा था।

लेकिन कार के अंदर असली कहानी चल रही थी—दोस्ती की, तानों की और उस अपनापन लिए नोक-झोंक की, जो सालों बाद भी नहीं बदलती।

"रोहन... ओए रोहन! उठ जा भाई, कब से खर्राटे ले रहा है। देख, हम पहुँच गए!"

चिराग ने पीछे मुड़कर रोहन के कंधे को ज़ोर से झकझोर दिया।

रोहन ने आँखें आधी खोलीं, भौंहें चढ़ाईं और झुँझलाकर बोला,

"क्या है यार! पागल हो गया है क्या? ऐसे कोई उठाता है? बड़ी मुश्किल से नींद आई थी। तुम लोग ये नदी–पहाड़ देखते रहो, मुझे बख्श दो। मेरी नींद ज़्यादा प्यारी है।"

इतना कहकर उसने दोनों हाथ सीने पर बाँधे, खिड़की की ओर मुड़ा और सिर शीशे से टिकाकर फिर से आँखें मूँद लीं, जैसे दुनिया से कोई लेना-देना ही न हो।

आदित्य ने मुँह में चिप्स डालते हुए उसकी तरफ देखा और हँसते हुए बोला,

"सच में यार, ये छुट्टी लेकर घूमने क्यों आया है, समझ से बाहर है। घर पर रहता तो आराम से सोता। फालतू में कार में जगह घेर रखी है। इससे अच्छा जय को ले आते, कम से कम कुछ एंटरटेनमेंट तो होता।"

चिराग ने मुस्कराकर शीशे के बाहर नज़र दौड़ाई,

"अरे छोड़ न, ये रोहन है तो ट्रिप पूरी लगती है। सोते-सोते भी ग्रुप का हिस्सा है।"

तभी आगे से ड्राइवर की आवाज़ आई,

"सर, आपके होटल का नाम बता दीजिए। मैं आपको वहाँ छोड़ देता हूँ। आप फ्रेश हो जाइए, फिर साइट सीन के लिए निकलेंगे।"

आदित्य ने ड्राइवर की ओर झुकते हुए कहा,

"हाँ भैया, पहले होटल चलो। कुछ लोग तो नींद पूरी किए बिना इंसान बनते ही नहीं।"

पीछे से रोहन की धीमी-सी आवाज़ आई,

"समझदार आदमी हो आदित्य... नींद की क़दर जानते हो।"

कार के अंदर ठहाकों की हल्की गूँज फैल गई, और सफ़र दोस्ती की उसी बेफ़िक्री में आगे बढ़ चला।

"यार, पचासों प्रोग्राम बने, सब फ्लॉप हो गए," चिराग झुंझलाकर बोला,

"और फाइनली एक प्रोग्राम बना है, उसमें भी इस रोहन को सोने की पड़ी है। आदि, यार फेंक दे इसको कार से बाहर!"

आदित्य हँस पड़ा, कुछ कह पाता उससे पहले ही रोहन झट से सीधा बैठ गया।

"चल-चल, रो मत," उसने आँखें मलते हुए कहा,

"ले, अब नहीं सोता। आज तो रात में भी तू बाहर घूमना। सारे पेड़ गिन लेना, और ये बर्फ बैग में भर लेना।"

उसने हाथ से अपने बिखरे बाल सँवारे और हल्के ठहाके के साथ बोला,

"क्या यार, चिल मार ना। आ गए न हम यहाँ। दो-तीन दिन यहीं रहने वाले हैं। सब हो जाएगा। ज़्यादा पगला मत, ब्रो।"

इतना सुनते ही कार के अंदर ठहाकों की गूंज फैल गई।

रोहन, चिराग और आदित्य—तीनों हँस रहे थे, जैसे सारी थकान उसी पल हवा हो गई हो।

आगे बैठे ड्राइवर साहब भी आईने में यह नज़ारा देख रहे थे।

दबे होंठों के पीछे छुपी उनकी मुस्कान बार-बार बाहर आने को बेताब हो रही थी।

कार आगे बढ़ती रही—पहाड़ों की ओर।

कार का शीशा नीचे करते ही रोहन की आँखों के सामने जैसे कोई नई दुनिया खुल गई।

ऊँचे-ऊँचे देवदार के पेड़, बर्फ़ से ढकी घाटियाँ और हवा में ऐसी ताज़गी, जिसे उसने पहले कभी महसूस ही नहीं किया था। एक पल को उसे लगा, जैसे वह रोज़मर्रा की ज़िंदगी से बहुत दूर, किसी और ही दुनिया में कदम रख चुका हो।

"ए हीरो, विंडो बंद कर बाबा!"

आदित्य ने ठिठुरते हुए कहा और अपनी दोनों हथेलियाँ ज़ोर-ज़ोर से मलने लगा।

"ठंड से मारना है क्या? हमें तो यहाँ जैकेट में भी ठंड लग रही है और तू..."

रोहन ने मुस्कराकर शीशा ऊपर किया,

"अरे यार, ज़रा सा तो महसूस करने दे इस जगह को।"

कुछ ही देर में ड्राइवर साहब ने कहा, "सर, आपका होटल आ गया।"

तीनों फटाफट गाड़ी से उतरे। आदित्य ने चिप्स के खाली पैकेट को अपने बैग के आगे वाले पॉकेट में ठूँस दिया और फिर तीनों ने मिलकर डिक्की से अपना सामान निकालना शुरू कर दिया।

"आप दो घंटे बाद आ जाना," चिराग ने ड्राइवर से कहा, "हम घूमने निकलेंगे।"

रोहन रिसेप्शन की ओर बढ़ गया और चेक-इन की औपचारिकताएँ निभाने लगा।

इधर चिराग और आदित्य होटल की भव्यता देखकर खुश हो गए—

साफ़-सुथरा माहौल, लकड़ी की सजावट और पहाड़ों की ओर खुलती बड़ी-बड़ी खिड़कियाँ।

'सिट्रस' नाम के इस होटल के रिव्यू गूगल पर काफ़ी अच्छे थे, इसीलिए तीनों की सहमति से इसे बुक किया गया था।

पहली नज़र में ही लगा—चुनाव ग़लत नहीं था।

बहुत अच्छा सीन है—मस्ती, दोस्ती और माहौल तीनों साफ़ दिख रहे हैं। नीचे इसे उपन्यासात्मक प्रवाह, संवादों की सहजता और दृश्यात्मकता के साथ थोड़ा निखारकर लिखा है:

कुछ ही देर में उन्हें कमरा अलॉट कर दिया गया। होटल स्टाफ उनका सामान उठाकर कमरे तक पहुँचा गया। बाहर ठंड ज़रूर थी, लेकिन इतनी नहीं कि कुल्फ़ी जम जाए—एक जैकेट पहन लेने से काम चल रहा था।

"सही है यार होटल..." चिराग ने चारों तरफ़ नज़र दौड़ाते हुए कहा।

"भाई, पैसे भी उतने ही लग रहे हैं न?" आदित्य जेब में हाथ डालते हुए बोला, मानो हिसाब वहीं मिल जाएगा।

रोहन अब पूरी तरह अपनी नींद से बाहर आ चुका था। एक अरसे बाद वह प्रकृति के इतने क़रीब था—पहाड़, हवा और खुला आसमान, सब कुछ जैसे उसे जगा रहा था। तीनों हँसते-बतियाते हुए 101 नंबर के कमरे की ओर बढ़ रहे थे।

तभी सामने से दो लड़कियाँ हँसती हुई उनके पास से निकलीं।

तीनों लड़के एक-दूसरे को देखने लगे और बिना कुछ कहे मुस्कुरा दिए। चाल अपने आप बदल गई—कदमों में थोड़ा स्टाइल आ गया।

चिराग ने चुपचाप अपनी जैकेट की आस्तीन ऊपर चढ़ा ली।

रोहन ने अचानक ज़ोर से उसकी पीठ पर मुक्का मारते हुए कहा,

"बड़ी गर्मी आ गई है आज!" तीनों की हँसी कॉरिडोर में गूँज गई।

कमरा वाकई शानदार था—नरम गद्दे पर बिछी सफ़ेद चादर, बड़े और छोटे तकिए, कपड़े रखने की अलमारी जिसके अंदर लॉकर भी था। सामने टीवी, कोने में छोटा-सा फ्रिज, और कमरे की सबसे बड़ी ख़ासियत—एक बड़ी-सी बालकनी, जहाँ से व्यास नदी का खूबसूरत नज़ारा दिखाई दे रहा था।

दीवार पर लगी मनाली की मनोरम जगहों की पेंटिंग्स देखकर तीनों का मन और खुश हो गया।

"ग़ज़ब यार... मज़ा आ गया," चिराग बालकनी में खड़ा होकर बोला।

"जन्नत है भाई, जन्नत," रोहन बिस्तर पर धँसते हुए बोला, "चलो, इसका लुत्फ़ उठाया जाए।"

"यार, कुछ ऑर्डर कर देते हैं," आदित्य ने फ्रिज खोलते हुए कहा,

"खा-पीकर फिर निकलते हैं।" चिराग ने अपनी छोटी-सी सूटकेस खोलते हुए उसकी तरफ़ देखा,

"रोहन, देख—हम यहाँ सोने नहीं आए हैं, घूमने आए हैं। आलसी मत बन। चल, जल्दी फ्रेश हो और निकलते हैं। यहाँ रात जल्दी हो जाती है, फिर क्या मज़ा आएगा। खाने का बाहर ही देख लेंगे। अभी चल यार।"

रोहन ने करवट बदली, मुस्कराया और बोला, "ठीक है बॉस... आज नींद बाद में, दोस्ती पहले।"

कमरे में फिर वही ठहाके गूँज उठे—

शुरुआत हो चुकी थी इस सफ़र की, जिसे तीनों लंबे समय तक याद रखने वाले थे।

"तुम दोनों तैयार हो जाओ," रोहन ने आँखें आधी बंद रखते हुए कहा,

"मैं पाँच मिनट में रेडी हो जाऊँगा। तब तक थोड़ा आराम करने दो।"

इतना कहकर वह रजाई के अंदर घुस गया, जैसे वहीं उसकी दुनिया बसती हो।

करीब बीस मिनट में चिराग और आदित्य पूरी तरह तैयार थे। दोनों ने मिलकर रोहन को उठाया।

अपने वादे के मुताबिक रोहन भी दस मिनट के अंदर फटाफट तैयार हो गया—न कोई लंबा शॉवर, न टाइम वेस्ट। बस कपड़े बदले, बाल सँवारे और रेडी।

"रोहन यार, नहा तो लेता," चिराग ने मुँह बनाते हुए कहा।

"ऐसा रहेगा तो कोई लड़की देखेगी भी नहीं, ब्रो," आदित्य ने परफ़्यूम लगाते हुए मज़े लिया।

रोहन ने शीशे में खुद को देखा, बाल पीछे की ओर सेट किए और मुस्कराया,

"बिना नहाए भी तुम दोनों से ज़्यादा हैंडसम लग रहा हूँ, समझे? ज़्यादा बोल मत।"

"ओके मिस्टर हैंडसम," चिराग हँसा,

"चलो, ड्राइवर रेडी है। फोन सबके पास हैं न? रूम कार्ड ले लो। रोहन—कैमरा लिया?"

"ऑल सेट," कहते हुए चिराग ने कमरे का दरवाज़ा बंद किया

और तीनों मनाली की सड़कों पर निकल पड़े।

ड्राइवर कार साफ़ कर चुका था और उनका इंतज़ार कर रहा था।

तीनों अपनी-अपनी जगह सेट हुए और गाड़ी आगे बढ़ चली।

"सर, आज पास-पास के स्पॉट दिखा देता हूँ," ड्राइवर बोला,

"कल दूर वाले जाएंगे।"

रास्ता किसी पेंटिंग जैसा लग रहा था—हर मोड़ पर हरियाली, ठंडी हवा और लकड़ी के घर।

थोड़ी देर बाद ड्राइवर ने गाड़ी रोकी।

"सर, यहाँ से आप पैदल चले जाइए। आगे एक पुराना मंदिर है।"

कैमरा रोहन के हाथ में था।

तीनों आगे बढ़े और हिडिंबा देवी मंदिर पहुँच गए।

चिराग ने मोबाइल निकालते हुए कहा,"ये हिडिंबा देवी मंदिर है। पता है कौन थीं वो?"

"भाई, गूगल से पढ़ ही लिया है तो बता भी दे," रोहन मुस्कराया,

"वैसे सच बताऊँ, इस मंदिर की वाइब बहुत प्योर है। लकड़ी का स्ट्रक्चर और पैगोडा स्टाइल—क्लासिक।"

वह बाहर से ही कई तस्वीरें ले चुका था।

अंदर लगभग पंद्रह मिनट बिताए। फिर बाहर आकर ढेर सारी फोटो खींची—कुछ मोबाइल से, कुछ कैमरे से।

अब तक चुप आदित्य बोला, "चलो यार, कुछ खाते हैं।"

"मैगी!" चिराग ने उसके कंधे पर हाथ रखा, "यहाँ की मैगी बहुत सही मिलती है।"

तीनों कार की ओर लौटे ही थे कि होटल वाली लड़कियों का वही ग्रुप दिखाई दिया—फोटो लेने में बिज़ी।

रोहन ने चलते-चलते कैमरे से कुछ और क्लिक किए।

मैगी पॉइंट पर रुककर रोहन फोटो चेक करने लगा।

आख़िरी फोटो पर उसकी उँगली रुक गई।

फ्रेम में कोई और था।

एक मुस्कान—सॉफ्ट, नेचुरल और किसी मैजिक की तरह।

उसकी नज़र हट ही नहीं रही थी।

"ब्रो, दिखा मुझे कैसी आई फोटो?" चिराग ने कैमरा खींच लिया।

"ओह... भाई साहब!" वह हँसा, "ज़ूम करके इन्हें देख रहा था कब से? ये तो अपने होटल वाली है।"

"मुझे भी दिखा," आदित्य भी झुक गया।

"रोहन... लव एट फ़र्स्ट साइट सीन चल रहा है क्या?" चिराग ने छेड़ा।

रोहन ने कैमरा बंद किया और बैग में रख दिया।

"मैगी ठूस ली हो तो चलो। मार्केट चलते हैं। कल दूर जाना है।"

मॉल रोड पर भीड़ थी। लाइट्स, दुकानें, हँसी—सब कुछ ज़िंदा।

खरीदना किसी को कुछ नहीं था, बस घूमना था।

चिराग की बहन ने कॉल पर ज़िद कर दी—मनाली की शॉल चाहिए। वे दुकान में घुस गए।

रोहन बाहर ही खड़ा रहा—हवा का मज़ा लेते हुए, और किसी खास चेहरे को ढूँढते हुए।

तभी एक खनकती आवाज़ उसके कानों में पड़ी—

"Hey... see... how beautiful... oh my God!"

वही लड़की। वही मुस्कान। वह पास की दुकान में थी।

रोहन चोरी-छिपे देख रहा था।

"Catherine... let's go..." उसकी सहेली ने उसका हाथ पकड़ा।

कैथरीन।

नाम जैसे उसके मन में टिक गया।

"यार, हमारा काम हो गया," चिराग और आदित्य ने शॉपिंग बैग हिलाए,

"तुझे कुछ लेना है क्या?" रोहन मुस्कराया, "नहीं... चलो।"

रात को होटल लौटे। थोड़ा आराम किया और फिर डिनर के लिए डाइनिंग एरिया पहुँचे।

आज रोहन बिना आलस किए पहले ही तैयार था।

नई ब्लैक जैकेट, सेट किए बाल।

"फॉरेनर को इम्प्रेस करने की पूरी कोशिश है ब्रो," आदित्य हँसा।

"कॉलेज में गर्लफ्रेंड न बनी, ऑफिस में भी कोई सेट नहीं हुई," चिराग बोला, "अब अंग्रेज कैसे पटेगी?"

"बकवास बंद करो," रोहन ने बात काटी,

"भूख लगी है। सुना है यहाँ का खाना कमाल है।"

डाइनिंग एरिया में लोग आ चुके थे।

तीनों प्लेट लेकर काउंटर की ओर बढ़े। ढेर सारी डिशेज़ थीं।

रोहन ने पहले सूप लिया और टेबल पर आकर बैठ गया।

तभी पीछे से आवाज़ आई—

"Catherine... here... your favorite dish."

रोहन ने गर्दन घुमाई। कैथरीन और उसकी सहेलियाँ वहाँ थीं।

और रोहन को लगा— ये ट्रिप अब सिर्फ़ घूमने की नहीं रही बल्कि कुछ तो नया होने वाला है।

डाइनिंग एरिया अब काफ़ी भर चुका था। बाहर बढ़ती ठंड के बीच, अंदर गरमागरम और लज़ीज़ खाने की ख़ुशबू माहौल को और सुकून भरा बना रही थी। लोग बातें कर रहे थे, हँस रहे थे, और छुट्टी के हर पल को जी रहे थे।

रोहन का ध्यान प्लेट से ज़्यादा बार-बार सामने की टेबल पर जा रहा था।

कैथरीन ने काले रंग की जींस और लाल जैकेट पहन रखी थी। कंधों तक खुले सुनहरे बाल, क़रीब पाँच फुट पाँच इंच की लंबाई, इकहरी काया और चेहरे पर एक

अजीब-सी मासूमियत—जो बिना कोशिश किए ध्यान खींच ले।

"वाह! मज़ा आ गया यार," आदित्य पेट सहलाते हुए बोला, "मैं मीठा लेकर आता हूँ।"

"हाँ-हाँ, ले आ," चिराग ने टिशू से हाथ पोंछते हुए कहा, "रोहित तो वैसे भी भाभी को देखकर ही पेट भर लेगा।"

"क्या यार तुम लोग!" रोहन झेंपते हुए बोला, "ऐसा कुछ नहीं है।"

खाना खत्म करके तीनों होटल के प्लेइंग एरिया में आ गए।

वहाँ कैरम और चेस बोर्ड रखे थे, एक कोने में किताबें और बच्चों के लिए ड्रॉइंग का सामान।

तीनों कैरम खेलने लगे। तभी पास से आवाज़ आई—

"Excuse me... will you please...?"

कैथरीन ने फोन रोहन की ओर बढ़ाया।

"Sure," रोहन झट से खड़ा हो गया।

उसने कैमरा संभालने वाले हाथों से कहीं ज़्यादा संभलकर फोन पकड़ा।

कैथरीन और उसकी सहेलियों ने अलग-अलग पोज़ दिए। रोहन चुपचाप फोटो खींचता रहा।

"ओह... शुक्रिया आपका," कैथरीन ने फोन लेते हुए कहा।

रोहन ठिठक गया।

हिंदी।

वह यह उम्मीद नहीं कर रहा था।

उसने बस हल्की-सी मुस्कान दी,

"यू आर वेलकम।"

कुछ देर बाद तीनों अपने कमरे की ओर बढ़े।

"आज जल्दी सोना है भाई," चिराग तेज़ क़दमों से चलता हुआ बोला,

"कल सोलांग वैली जाना है। बारह-पंद्रह किलोमीटर दूर है।"

"वहाँ गरम जैकेट और स्नो शूज़ रेंट पर मिल जाते हैं,"

आदित्य ने रोहन के कंधे पर हाथ रखते हुए कहा,

"और वहाँ की गरमा-गरम मैगी... मज़ा आ जाएगा।"

"अबे रोहन, क्या हो गया भाई?"

चिराग ने कार्ड से दरवाज़ा खोलते हुए कहा,

"कुछ बोल तो सही।"

“हाँ... हाँ, जाएंगे,” रोहन जैसे कहीं और से लौटा हो, “मैं कैमरे की बैटरी चार्ज पर लगा देता हूँ।”

चिराग और आदित्य कुछ ही देर में सो गए।

लेकिन रोहन की आँखों में नींद नहीं थी।

उसकी पलकों के पीछे बार-बार एक ही चेहरा उभर रहा था।

कैथरीन।

कल सोलांग वैली में फिर से मिलने के ख़याल के साथ वह भी सोने की कोशिश करने लगा।

सुबह जल्दी-जल्दी नाश्ता कर तीनों सोलांग वैली निकल पड़े।

रास्ता कठिन था, लेकिन हर मोड़ पर नज़ारे सांस रोक देने वाले थे।

वहाँ पहुँचते ही ऐसा लगा, जैसे किसी और ही दुनिया में आ गए हों।

चारों तरफ़ बर्फ़ से ढके पहाड़, लोगों की भीड़, हनीमून कपल्स फोटो में बिज़ी, कुछ युवा स्की करते हुए, और बर्फ़ की चादर पर लगी मैगी, चाय और कॉफी की गाड़ियाँ।

याक भी दिख रहे थे।

रोहन ने कैमरे में हर फ्रेम कैद कर लिया।

थोड़ी एक्टिविटीज़ के बाद बारी आई आदित्य की फ़ेवरेट—मैगी की।

“भाई... जन्नत है, जन्नत,” चिराग चारों तरफ़ देखते हुए बोला।

“आज मैगी का असली मज़ा आया,” आदित्य मुँह जलाते हुए हँसा।

“सच यार,” रोहन ने आसमान की ओर देखते हुए कहा,

“लगता है ऑफिस छोड़ यहीं बस जाएँ। नेचर के बिल्कुल क़रीब।”

जिसका इंतज़ार था... वह दिखाई नहीं दी।

शाम तक खूब एन्जॉय करने के बाद तीनों होटल लौट आए।

थकान बहुत थी, लेकिन डिनर मिस करना किसी को मंज़ूर नहीं था।

रात नौ बजे डाइनिंग एरिया पहुँचे।

रोहन की नज़र फिर वही ढूँढ रही थी।

“भाभी जा चुकी होगी ब्रो,” चिराग बोला।

“किस्मत अच्छी होगी तो जाते-जाते दिख भी जाए,” आदित्य ने कहा, “होप मत छोड़।”

“ऐसा कुछ नहीं है,” रोहन ने बात टाल दी, “मैं तो बस यूँ ही...”

तभी उसे कैथरीन की सहेलियाँ दिखीं—

लेकिन कैथरीन नहीं।

अब उसे भी लगने लगा— शायद वह जा चुकी है।

रात को सब अपने कमरे में लौट आए। चिराग और आदित्य गहरी नींद में थे।

रोहन नहीं। वह करवटें बदलता रहा। सुबह के छह बज गए। नींद का नाम-निशान नहीं था।

वह फोन लेकर होटल के गार्डन में निकल गया। क्या ये पहली नज़र का प्यार था?

या बस यूँ ही कोई अजीब-सी बेचैनी? वह तो मनाली सिर्फ़ आराम करने आया था...

लेकिन उसकी नींद किसी ऐसी लड़की ने छीन ली थी,

जिससे उसने ठीक से बात तक नहीं की थी।

बस नाम जानता था।

कैथरीन।

एक विदेशी लड़की।

वह चलते-चलते डाइनिंग एरिया पहुँचा, चाय ली और व्यास नदी की ओर देखने लगा।

पास ही सुंदर बगीचा था। आज उसे लग रहा था—हर पत्ता उससे बात कर रहा है,

नदी की धारा कोई संदेश दे रही है, और आसमान में उड़ते पंछी उसे पुकार रहे हैं।

चाय की भाप उड़ चुकी थी, लेकिन उसने एक घूँट भी नहीं पिया।

सब कुछ अच्छा था...बहुत अच्छा। फिर भी दिल में एक खालीपन था।

रोहन ठंडी हो चुकी चाय का कप मेज़ पर रखकर उठ ही रहा था कि उसकी नज़र किनारे की एक टेबल पर गई।

लंबे, खुले सुनहरे बाल।उसके कदम जैसे अपने आप ही उस ओर बढ़ गए।

वह और कोई नहीं—कैथरीन थी।

"हे... हेलो," रोहन ने हल्की मुस्कान के साथ कहा।

"हेलो..." कैथरीन ने देखा, लेकिन उसके चेहरे से साफ़ था कि वह उसे पहचान नहीं पाई।

"मायसेल्फ रोहन... वी मेट—" रोहन वाक्य पूरा भी नहीं कर पाया था कि वह बोली,

"ओह, यस! याद है... आपने फोटो लिया था।"

"आपको हिंदी आती है?" रोहन ने हैरानी से पूछा।

कैथरीन मुस्कराई,“एक्चुअली, मेरे पापा का यहाँ जॉब है। मैं पाँच साल से इंडिया में हूँ।”

“क्या मैं यहाँ बैठ सकता हूँ?”

“श्योर।”

“आज आपके फ्रेंड्स नहीं आए?”

“मेरी दोस्त सो रही है,”

वह टूटी-फूटी हिंदी में बोली,

“मैं उठ गई।”

“तो... मनाली कैसा लगा?”

रोहन ने बात आगे बढ़ाई।

“इट्स ब्यूटीफुल,” कैथरीन की आँखों में चमक थी,

“I love nature... हम आज जा रहे हैं। इट वॉस ए वंडरफुल एक्सपीरियंस।”

तभी उसकी सहेलियाँ भी आ गईं।

रोहन को देखकर वे थोड़ी चौंकीं और फिर आपस में चेकआउट की बातें करने लगीं।

“यार, यहाँ के ड्रेस में फोटो लेना मिस हो गया,” एक सहेली बोली।

“ओह यस! लेट्स डू इट टुडे,” कैथरीन ख़ुशी से बोली।

रोहन अब भी वहीं खड़ा था।

“आप लोग अभी जा रहे हैं?”

फिर झिझकते हुए बोला,

“वैसे पास ही एक जगह है... कल कई लोग वहाँ फोटो ले रहे थे। आप लोग ट्राई कर सकते हैं।”

“रोहन... हेलो!” तभी चिराग और आदित्य भी वहाँ आ गए।

दोनों ग्रुप्स की हल्की-फुल्की बातचीत हुई।

आख़िर तय हुआ—

11 बजे, फोटो के लिए सब साथ चलेंगे।

लड़कों का मन तो बिल्कुल नहीं था, पर जब साथ अच्छा हो—तो कौन मना करता है?

ग्यारह बजे सब होटल के पास ही एक स्पॉट पर पहुँचे।

कई लोग वहाँ पारंपरिक परिधान पहनकर फोटो खिंचवा रहे थे।

लड़कियों में खास उत्साह था। कैथरीन ने भी स्थानीय ड्रेस पहन ली थी।

वह बेहद खूबसूरत लग रही थी—सादगी में भी चमक।

रोहन के हाथ में कैमरा था।

"Will you please click?" कैथरीन ने मुस्कराकर पूछा।

"Sure,"रोहन ने कहा,और कैमरे के लेंस के पीछे से उसे देखने लगा।

"Please ये फोटो मुझे सेंड कर देना," कैथरीन बोली।

"योर नंबर?"रोहन ने पूछा।

कैथरीन ने बिना किसी झिझक के अपना नंबर बता दिया।

तभी ड्राइवर का कॉल आया—जल्दी निकलना था।

लड़कियाँ भी आज दिल्ली लौट रही थीं।

"कैथरीन, I'll share all the photos,"

रोहन बोला।

"ओके," उसने मुस्कराकर कहा।

और फिर—सब अपने-अपने रास्ते।

रोहन और उसके दोस्त आज एक और दिन मनाली में रुकने वाले थे।

दिल कहीं ज़्यादा खुश था—कैथरीन दिल्ली की थी। आगे मिलने के रास्ते खुले थे।

कैथरीन और उसकी सहेलियाँ चली गईं।

चिराग ने भी कैथरीन की सहेली रिया का नंबर ले लिया था।

रिया चुलबुली थी—और उन दोनों के चश्मे कॉमन।

तीनों दोस्त मनाली की बाकी जगहें देखने निकल पड़े।

अगले दिन चेकआउट हुआ। दिल्ली वापसी का समय।

आते वक्त जो रोहन ज़्यादातर सोता रहा था, आज वह हर नज़ारा आँखों में भर लेना चाहता था।

बर्फ़ से ढके पहाड़ उसे ऐसे दिख रहे थे, जैसे मुस्कराती हुई कैथरीन उसे बुला रही हो।

ठंडी हवा में उसे उसके उड़ते सुनहरे बाल याद आ रहे थे—

जिसे वह बड़े प्यार से कान के पीछे कर लेती थी।

रोहन खुद भी नहीं समझ पा रहा था ये प्यार था...या बस यूँ ही कोई गहरी-सी हलचल।

तभी चिराग का फोन बजा। "हे हेलो रिया... पहुँच गए?"

"ओह, ऑफिस शुरू हो गया?"

"हम अभी निकले हैं..."

आदि और रोहन एक-दूसरे को देखने लगे।

समझ आ गया—उनकी नाक के नीचे चिराग अपनी खिचड़ी पका रहा था।

"रोहन पूछ रहा है, कैथरीन कैसी है?" चिराग ने जानबूझकर कहा।

रोहन ने आँखें दिखाईं।

"ओह ओके... ओके... वीकेंड मिलते हैं," "इफ यू ऑल आर फ्री," चिराग चश्मा ठीक करते बोला।

समय अपने ही रफ़्तार से बीत गया। मनाली ट्रिप को करीब एक हफ़्ता हो चुका था।

ऑफिस का काम इतना था कि बात करने का वक़्त ही नहीं मिला।

बस एक रोहन था— जो रोज़ कैथरीन की फोटो देखता।

व्हाट्सएप खोलता, कुछ लिखता...फिर डिलीट कर देता।

कई बार कैथरीन ऑनलाइन भी होती पर रोहन हिम्मत नहीं जुटा पाता।

रविवार की सुबह थी। करीब ग्यारह बजे माँ की डाँट से उसकी नींद खुली।

आदतन उसने फोन उठाया और सीधा बैठ गया।कैथरीन का मैसेज।

उसने अपनी आँखों पर भरोसा नहीं किया।

रोहन ने तुरंत चैट खोली—

"Hello,how are you?"

"Actually, I accidentally deleted the Manali photos.

If you have them, please send them to me.

Take care.

रोहन ने यह मैसेज एक बार नहीं—

बार-बार पढ़ा।हर शब्द जैसे उसकी आँखों में टिक गया हो।वह तुरंत फोन की फोटो गैलरी में गया।

मनाली की सारी तस्वीरें—जो उसने कैमरे से पहले ही फोन में डाल रखी थीं—एक-एक करके सिलेक्ट करने लगा।कैथरीन की तस्वीरें उसने बिना देर किए भेज दीं।

साथ में टाइप किया—

"Good morning

Sent all photos.

How are you?"

कैथरीन ऑनलाइन थी।

रिप्लाई आने में ज़्यादा वक़्त नहीं लगा।

"Oh! Thank you so much."

"I am good."

"What about you?"

रोहन के चेहरे पर अनायास मुस्कान आ गई।

दिन की शुरुआत उससे बेहतर नहीं हो सकती थी।

और तभी एक आवाज आई...

"उठते ही फोन... और फोन!"

माँ की सख़्त आवाज़ कमरे में गूँज गई।

"जल्दी निकलना है, पता है न? बुआ को लेने एयरपोर्ट जाना है। फिर भी ये लड़का सुनेगा नहीं।"

रोहन कुछ बोल पाता उससे पहले ही

मां बोली...

"रोहन, मुझे गुस्सा मत दिला। फोन रख, नहाने जा।

तेरा फोन इधर ला दे।

लैपटॉप, फोन, कैमरा—इनके अलावा कुछ सूझता भी है तुझे?"

माँ बड़बड़ाती जा रही थीं।

"मनाली से आए कितने दिन हो गए, लेकिन इनकी ट्रिप अब भी खत्म नहीं हो रही।

हे भगवान... क्या करूँ इस आलसी लड़के का!"

माँ की तगड़ी-सी डाँट सुनते ही रोहन बिना बहस किए बाथरूम की ओर भाग गया।

उधर माँ ने बिस्तर की चादर ठीक करते हुए उसका फोन उठा लिया।

फोन लॉक नहीं था।

स्क्रीन खुलते ही—

कैथरीन की तस्वीरें।

एक...

दो...

कई सारी।

माँ का चेहरा सख़्त हो गया।

"हे भगवान! ये सब क्या है?"माँ की आवाज़ काँप रही थी।"रोहन! अभी बाहर आ!"

रोहन उसी पल बाहर आ गया।

"ये फॉरेनर लड़की कौन है?"

"क्या चल रहा है ये सब?"

"देख, हमारा और इनका कोई मेल नहीं है।"

माँ की आवाज़ में डर था।

"यहाँ तेरे लिए इतने अच्छे-अच्छे रिश्ते आ रहे हैं, और तू अंग्रेज़न के पीछे पड़ा है?"

"बुआ को पता चला न, तो सारे रिश्तेदारों में बात फैल जाएगी।"

"मम्मी... मम्मी!" रोहन ने झुँझलाकर कहा, "लाओ मेरा फोन।"

"ऐसा कुछ नहीं है। आप बेकार सोच रही हो।वो सिर्फ़ दोस्त है। मनाली में बनी है।"

फिर जल्दी से बात पलटते हुए बोला— "बुआ को लेने जाना है न? चलो अभी।

सुबह-सुबह ड्रामा मत करो प्लीज़।"

माँ को कमरे से बाहर करते हुए वह जल्दी-जल्दी तैयार हुआ और गाड़ी निकाल ली।

रोहन बुआ को लेकर घर आ गया।

पापा, मम्मी और बुआ—दो दिन बाद हरिद्वार-ऋषिकेश जाने वाले थे।

बुआ की बुलंद आवाज़ से पूरा घर गूँज उठता था।पापा भी उनके सामने ज़्यादा कुछ नहीं बोलते थे।

लेकिन रोहन—उनका लाडला था। आते ही बुआ शुरू हो गईं—

"ज्योति, रोहन के साथ कैलाश की बेटी की जोड़ी बहुत जमेगी।" "MBA किया है। देखने में सुंदर।

कैलाश का बिज़नेस भी बढ़िया है।" फिर पापा की ओर मुड़कर बोलीं—

"अब ज़्यादा सोचने जैसा है नहीं। बोलो तो बात आगे बढ़ाएँ।"

पापा हल्के से मुस्कराए, "दीदी, रोहन से बात करता हूँ।

आजकल बच्चों के आगे हमारी कहाँ चलती है।"

"वैसे आपने रिश्ता बताया है, तो सोचने वाली बात तो है ही।"

माँ ने माथे पर हाथ रख लिया।"दीदी, आप सही कह रही हो।अब तो बात तय करने का टाइम आ गया है।"

फिर धीमी आवाज़ में बोलीं—

"आजकल के लड़के... किसी ऐसी-वैसी लड़की को घर ले आए तो?"

"रोहन से आप ही बात करना।

आपकी बात वो टालेगा नहीं।"

"हरिद्वार दर्शन करके आ जाएँ, फिर सब तय कर लेंगे," माँ ने चिंता में कहा।

रोहन चुप नहीं रह पाया।

"मम्मी, बुआ को मठरी-गुजिया खिलाओ," वह बुआ के पास बैठते हुए बोला, "मेरी शादी के पीछे क्यों पड़ी हो?"

बुआ ने प्यार से उसके बाल सहलाए। "बेटा, माँ है... चिंता तो करेगी ही।"

फिर आँखों में अपनापन लेकर बोली।

"लेकिन अगर तेरी नज़र में कोई हो..." "कोई प्यार-व्यार का चक्कर हो..."

"तो मुझे बता देना।" "तेरी बुआ तेरे साथ है।"

रोहन के चेहरे पर बिल्कुल बच्चे जैसी मुस्कान फैल गई।

किसी ने बिना सवाल किए उसका मन पढ़ लिया था।

"यार, फ्राइडे छुट्टी आ रही है। कुछ प्लान करते हैं!!तीन दिन कहीं चलते हैं।"

चिराग का मैसेज ग्रुप में चमका।

"ब्रो, बाहर नहीं... यहीं कहीं मिल लेते हैं।"आदित्य का जवाब आया।

कुछ सेकेंड बाद रोहन ने लिखा—"मेरे घर आ जाओ। मम्मी-पापा बाहर जा रहे हैं।"

चिराग ने तुरंत वॉइस नोट भेजा, आवाज़ में शरारत साफ़ थी—

"रिया, सोनिया और कैथरीन को भी बोल दूँ क्या? अच्छा-सा get-together हो जाएगा।"

"क्या वो आएँगी?"आदित्य ने पूछा। रोहन ने बिना देर किए टाइप किया—

"कैथरीन को मैं मैसेज करता हूँ। देखते हैं।"

"भाई को बहुत जल्दी है... क्या बात है!"चिराग ने चुटकी ली।

रोहन भी कहाँ चुप रहने वाला था—

"अबे साले, तू रिया के साथ अपनी सेटिंग कर रहा है और मुझे बोल रहा है!चलो फाइनल करते है,फ्राइडे मेरे घर—खाना बाहर से।"

"ड्रिंक्स?"आदित्य ने पूछा।

"घर पर नहीं यार। मम्मी को पता चला तो घर से निकाल देगी।वो प्लान कभी और।"

प्लान फिक्स हो चुका था।

रोहन के मम्मी-पापा और बुआ हरिद्वार निकल गए।

घर खाली था पर रोहन का दिल उम्मीदों से भरा।

रिया, सोनिया और कैथरीन—तीनों ने आने के लिए हाँ कह दी।

सब लड़कियां मेच्योर थे, सबकी आपस में बात होती थी।

रिया ने तो लड़कों के सोशल मीडिया प्रोफाइल तक छान मारे थे।

तसल्ली हो चुकी थी—अच्छे घर के लड़के हैं।लड़कियों का व्हाट्स ऐप ग्रुप एक्टिव हो गया।

“Hi girls... what are you wearing?”सोनिया का मैसेज।

“Black top & jeans with jacket.”रिया ने लिखा।

“Not decided yet.” कैथरीन ने लिखा।

“Denim with shirt.” सोनिया का जवाब। सब तय हो चुका था।

रोहन की खुशी छुपाए नहीं छुप रही थी।सुबह से ही मेड से घर का कोना-कोना साफ करवाया।

फिर खुद भी झाड़-पोंछ में लग गया।

मम्मी का बनाया नाश्ता अब भी टेबल पर रखा था।नया डिनर सेट—जो बुआ के आने पर निकला था—आज खास मेहमानों के लिए।

कपड़े उसने पाँच-छह बार बदले।

आख़िर वही ऑल-टाइम फेवरेट—काली टी-शर्ट और नीली जींस।

बाल सेट करने में बहुत वक्त लगाया, लेकिन कोई ख़ास फर्क नहीं पड़ा।

आख़िर कपड़े अलमारी में ठूँस दिए। घर महकाया।खुद पर सबसे महंगा परफ्यूम लगाया।

अब बस इंतज़ार था— कैथरीन के आने का।

करीब 7:15 बजे चिराग और आदित्य आ गए।साथ में चिप्स और कोल्ड ड्रिंक।

“ये कहाँ रखें?”आदि ने पूछा।

“टेबल पर रख दे न।”चिराग बोला,

“पहली बार थोड़ी आए हैं यहाँ।”

फिर शरारत से बोला— “फॉरेनर मैडम के लिए क्या ऑर्डर करना है?”

“पिज़्ज़ा सेफ है।” चिराग सोफे पर फैलते हुए बोला।

रोहन की बेचैनी साफ़ झलक रही थी।

“अब तक आए क्यों नहीं?”

तभी...घंटी बजी।

दरवाज़ा खोलते ही....रिया, सोनिया...और उनके बीच— कैथरीन।

रोहन की नज़र जैसे वहीं ठहर गई।

कैथरीन आज बेहद सुंदर लग रही थी,

काली चिकनकारी कुर्ती, जींस, खुले लंबे बाल।कानों में बड़े झुमके।

एक हाथ में घड़ी, दूसरे में कड़ा।

कैथरीन ने अपने हाथ में पकड़े केक को रोहन की ओर बढ़ाया।

“केक की क्या ज़रूरत थी?” रोहन ने केक लेते हुए कहा।

“It’s my brother’s birthday... Jonathan.”

“ओह, कूल!”रोहन ने होठों की मुस्कान बड़ी करते कहा “वो यूके में रहता है।”रिया ने जोड़ा।

"ओह!!!अच्छा.."रोहन ने सबको अंदर आने का इशारा किया।

हल्का संगीत चल रहा था,कुछ ऑफिस की बातें, हँसी—मजाक शुरू था ।खाना ऑर्डर हुआ।

पिज़्ज़ा, पास्ता, चाइनीज़—सब कुछ था लेकिन कैथरीन की नज़र घर के बने नाश्ते पर पड़ी।

“Want to try?”रोहन ने पूछा।

“Actually... I love homemade food.”

रोहन ने सबके लिए मम्मी का बनाया नाश्ता प्लेट में निकाल दिया।

कैथरीन ने बड़े चाव से खाया।

रोहन के मन में एक अजीब-सी खुशी थी—ये तो बिल्कुल हमारी जैसी है...

“Rohan... you are so lucky.” कैथरीन ने उसके कंधे पर हाथ रखते हुए कहा।

रोहन कुछ बोल नहीं पाया।बस भीतर ही भीतर खुश हो रहा था।

रात के 11 बज चुके थे। “अब हम चलते हैं।”रिया बोली।

बस तीनों वहां से चली गई,लड़के नीचे तक उन्हें छोड़ने गए।

एक खूबसूरत शाम धीरे-धीरे खत्म हो रही थी।

समय के साथ रोहन का लगाव कैथरीन के लिए बढ़ता गया।उसे प्यार होने लगा था लेकिन इज़हार—अब भी अधूरा था।

उसने कैथरीन को कैजुअल मैसेज किए लेकिन जवाब नहीं आया।

रोहन को रिया से पता चला कि कैथरीन के मम्मी - पापा का तलाक हो चुका है और भाई मम्मी के साथ रहता था।फिर अपनी गर्ल फ्रेंड के साथ रहने लगा।अब भाई का ब्रेकअप हो गया है।बहुत प्रोबलम है वहां। कैथरीन इसलिए वहां गई है तो शायद सब ठीक हो जाए या कैथरीन को वही रहना पड़े!

रोहन को समझ नहीं आ रहा था कि उसकी जिंदगी में आगे क्या होगा?कैथरीन के लिए उसके मन में जो था क्या उसके बारे में उसे दोबारा सोचना चाहिए...!!

क्या उसे इंतज़ार करना चाहिए? या आगे बढ़ जाना चाहिए? घर पर रोहन की शादी की बात बढ़ने लगी थी।

बेटा,तुम एक बार मिल तो लो।बाकी बाद में देखेंगे। मिहिका अच्छी लड़की है।बुआ ने कुछ सोच समझकर ही तुम्हारे लिए बात की है।अब एक बार मेरे लिए मिल लो।बुआ की एक बात मान जाओ रोहन।बस एक घंटे की बात है।मिलकर बात कर लो।कुछ अच्छा लगे तब आगे बढ़ेंगे !

"बेटा,बस एक बार मिल लो।" बुआ ने रोहन से फोन पर भी समझाते हुए कहा।

बुआ की बात मानना जरूरी था। रविवार शाम छह बजे—रोहन बिना मन के कैफे पहुँचा।

मिहिका पहले से वहाँ थी।कंधे तक काले खुले बाल।हाथ में घड़ी थी।टेबल पर उसने अपना स्लिंग बैग रखा था।कानों में सिल्वर रंग के छोटे टॉप्स बहुत अच्छे दिख रहे थे।फोन पर वो मेसेज चेक कर रही थी।

जींस-टॉप पहने चेहरे पर सादगी,आँखों में आत्मविश्वास।

दोनों ने एक दूसरे को हाथ मिलाकर हेलो हुआ।

"क्या लेंगी आप? कुछ ऑर्डर कर देते है? रोहन ने औपचारिकता पूरी की।

"कोल्ड कॉफी....!!"

"ओके.."

"आप??"मिहिका ने पूछा।

"मैं ... मैं भी यही ले लेता हूं।"

"सो ,आपका काम कैसा चला रहा है?" मिहिका ने बात शुरू की।

"बस सब ठीक...आप बताइए..!"

"मैने अभी एक न्यू कंपनी ज्वाइन की है।सो बस थोड़ा खुद को वहां एडजस्ट कर रही हूं।" मिहिका ने बताया।

"मिहिका...मैं आपसे...."

अभी रोहन आगे कुछ कहता कि वेटर उनकी कॉफ़ी लेकर आ गया।

"वैसे ,रोहन आप शादी को लेकर सीरियस तो है न!!"मिहिका ने सीधे सीधे पूछ लिया।

"शादी तो करनी है ...."रोहन को समझ नहीं आया कि कैसे बोले।

"प्लीज़ डोंट माइंड ,लेकिन मुझे थोडा स्ट्रेट बात करने की आदत है।जो भी है हम पहले क्लियर कर दे तो अच्छा है।"मिहिका ने कॉफ़ी पीते पीते कहा।

रोहन मिहिका से कैथरीन के बारे में कुछ बता नहीं पाया।मिहिका उसे एक सुलझी समझदार लड़की लगी। शादी को लेकर मिहिका सीरियस थी।

"रोहन, आपको मुझसे कुछ पूछना हो तो बताइए।"मिहिका ने मुस्कुराते हुए कहा।

"आपसे पूछना तो कुछ नहीं है...बस कुछ बताना चाहता हूं।"रोहन ने कुछ हिचकिचाते हुए कहा।

"क्या आप कमिटेड है??"मिहिका ने सीधे ही पूछ लिया।

रोहन कुछ हकबका सा गया।

रोहन कहता भी क्या..क्योंकि कैथरीन को न तो उसने अपनी फीलिंग्स बताई और न ही उसके दिल की बात पता है।

"नहीं नहीं.... ऐसी कोई बात नहीं है।"रोहन ने बात को टालते हुए कहा।

"फ्रेंकली स्पीकिंग रोहन आपसे मिलने के पहले मैंने आपके बारे में थोड़ा बहुत पता किया था। मिलने पर आप मुझे ओवरऑल अच्छे भी लगे ।शायद एक दो बार हम और मिले तो ज्यादा अच्छे से जान पाएंगे आपको क्या लगता है?? मिहिका ने बिना किसी हिचक स्पष्ट बात की।

रोहन थोड़ा झेप गया और मुस्कुराते हुए बोला,

"हमारी आगे बात कैसे बढ़ती है पता नहीं लेकिन हम दोस्त तो बन ही जायेंगें। आई लाइक योर नेचर।"

एक छोटी मगर बेहद खास मुलाक़ात के बाद मिहिका और रोहन अपने-अपने रास्तों पर निकल गए।

कैफ़े से बाहर आते समय रोहन ने एक बार पीछे मुड़कर देखा—मिहिका अपनी गाड़ी में बैठकर जा रही थी।

वो लड़की सुलझी हुई थी... बहुत ज़्यादा।शायद ज़िंदगी के लिए सही भी।

घर पहुँचते ही माँ की आवाज़ ने उसकी सोच तोड़ दी।

“कैसी लगी मिहिका?” माँ की आँखों में उत्सुकता साफ़ थी।

“मुझे तो बहुत पसंद है। बुआ की पसंद पर मुझे पूरा भरोसा है। बस तू हाँ कर दे... बोल न।”

रोहन ने जूते उतारे, फोन एक तरफ़ रखा, लेकिन जवाब नहीं दिया।

“अरे भाई, तुम चुप हो तब तो कुछ बोलेगा।” पापा सोफ़े पर बैठते हुए बोले।

रोहन ने गहरी साँस ली। “हाँ माँ... मिहिका अच्छी है। लेकिन अभी कैसे कुछ बोल दूँ? थोड़ा वक्त तो दो।”

माँ का चेहरा सख़्त हो गया। “न जाने इस लड़के को क्या चाहिए...” वो खुद से ही बड़बड़ाने लगी।

“मुझे तो लगता है इसने पहले ही किसी को पसंद कर लिया है।

देख रोहन, अगर कोई है तो अभी बता दे।

मिहिका के घरवाले बहुत अच्छे लोग हैं। उन्हें धोखे में नहीं रखना चाहिए।”,

माँ की आवाज़ अब शिकायत में बदल चुकी थी।

“मिहिका को रिश्तों की कोई कमी नहीं है।

मैं उसे सुनीता जी के घर शादी में मिली थी—कितनी प्यारी बच्ची है। मिलनसार, हँसमुख...

पर हमारे साहबज़ादे को न जाने क्या चाहिए!” शब्द अब तीर बन चुके थे।

रोहन ने कुछ नहीं कहा।ना सफ़ाई दी, ना विरोध किया।

बस चुपचाप अपने कमरे की ओर बढ़ गया। दरवाज़ा बंद किया।बिस्तर पर लेट गया।आँखें मूँद लीं।

कैथरीन का चेहरा आँखों के सामने आ गया— उसकी हल्की मुस्कान, टूटी-फूटी हिंदी, उड़ते सुनहरे बाल।

फिर मिहिका— उसकी सधी हुई बातें, सीधा सवाल,शादी को लेकर साफ़ नज़रिया।

दिल खुद क्या चाहता है—रोहन खुद नहीं जान पा रहा था।

कमरे में सन्नाटा था। लेकिन रोहन के भीतर— बहुत शोर।

दो दिन बाद, सुबह की नींद अभी पूरी भी नहीं टूटी थी कि मोबाइल ज़ोर से बज उठा।

स्क्रीन पर नाम चमक रहा था—चिराग। “ब्रो... कल सब मिल रहे हैं। तू भी आ जाना।”

आवाज़ में वही पुरानी मस्ती थी। “अपने उसी पुराने फेवरेट होटल में। तुझे मेसेज किया था, पर तूने देखा तक नहीं।

और हाँ... कैथरीन इंडिया वापस आ गई है।”

एक पल के लिए रोहन पूरी तरह जाग गया। “ओके...”बस इतना कहकर उसने कॉल काट दी।

फोन रखते ही उसने तुरंत व्हाट्सएप खोला। ऊपर अनरीड चैट चमक रही थी—Catherine.

उसकी उँगलियाँ हल्की-सी काँपीं।

> Sorry Rohan... I was busy. Some personal things...I'm back...Will see you...

रोहन ने वो मेसेज एक बार नहीं, कई बार पढ़ा। हर लाइन के बीच कुछ अनकहा सा था—

शायद दूरी,शायद मजबूरी,या फिर कुछ भी नहीं।उसने फोन साइड में रखा और छत की ओर देखने लगा।

अब तक वो टालता आया था—कभी हालात के नाम पर,कभी डर के बहाने।

लेकिन आज... उसके भीतर कुछ बदल चुका था।

आज वो सिर्फ़ इंतज़ार नहीं करना चाहता था।

ना इशारों में जीना,ना अधूरी उम्मीदों के सहारे।

रोहन ने तय कर लिया था— आज वो कैथरीन से अपने दिल की बात कहेगा।सीधे, साफ़, बिना किसी घुमा-फिरा के।

उसका जवाब जो भी होगा— हाँ या ना— वो उसे स्वीकार करेगा।

क्योंकि सबसे भारी बोझना टूटे दिल का होता है,ना ठुकराए जाने का...

सबसे भारी बोझ होता है—ना कहे गए एहसासों का।

रात के ठीक आठ बजे थे।

होटल का माहौल गर्म रोशनी और हल्की-सी संगीत की धुनों से भरा हुआ था।

सभी दोस्त अपनी-अपनी कुर्सियों पर बैठ चुके थे।

रिया आज कुछ ज़्यादा ही खास लग रही थी—चेहरे पर अलग ही चमक थी,जैसे कोई बड़ा सच मुस्कान के पीछे छुपा हो।

उसके साथ सोनिया और कैथरीन भी थीं। कैथरीन चुप थी।

मुस्कुरा रही थी... लेकिन आँखों में कहीं न कहीं उदासी की परछाईं थी।

रोहन की नज़र जैसे ही उस पर पड़ी, वो अनायास मुस्कुरा उठा।

कैथरीन ने भी हल्की-सी मुस्कान लौटा दी—छोटी, सधी हुई, लेकिन दिल को छू जाने वाली।

तभी चिराग ने अपने ग्लास को चम्मच से तीन बार बजाया।

टिंक... टिंक... टिंक...

“दोस्तों... ज़रा ध्यान देना,” उसकी आवाज़ में गंभीरता और खुशी दोनों घुली हुई थीं।

चिराग ने रिया का हाथ थामा और एक पल के लिए रुका, जैसे उस पल को जी लेना चाहता हो।

“मैं और रिया...” उसने मुस्कुराते हुए आगे कहा, “अगले हफ्ते... इंगेजमेंट कर रहे हैं।”

एक पल का सन्नाटा...फिर सब उछल पड़े।

कोई बधाई दे रहा था, कोई गले मिल रहा था।हँसी, खुशी और उत्साह हवा में घुल गए।

कैथरीन ने भी आगे बढ़कर रोहन को गले लगाया।

मनाली की दोस्ती प्यार में बदल गई और अब शादी तक पहुंच गई...क्या बात है..

"आदित्य ने अपने दोस्त चिराग के कंधे पर हाथ रखते कहा।

"सीरियसली,हमें पता तो था कि कुछ चल रहा है लेकिन बात इतनी बढ़ जाएगी सोचा नहीं था।"

सोनिया ने रिया को छेड़ते हुए कहा ।

कैथरीन और रोहन की नजर एक बार फिर मिली।मानो दोनों को कुछ कहना था।

रोहन ने खुद को समेटा। दिल ज़ोर-ज़ोर से धड़क रहा था, जैसे हर धड़कन उससे पूछ रही हो—

अब या कभी नहीं? उसने हिम्मत जुटाकर कैथरीन की ओर देखा और धीरे से कहा,

“कैथरीन... आई वांट टू टॉक टू यू।”

कैथरीन ने उसकी तरफ़ देखा, “नाउ?”

“यस... इट्स इंपॉर्टेंट।” एक पल की चुप्पी के बाद उसने कहा, “ओके...”

रोहन ने फिर कहा, “प्लीज़... कम विथ मी। जस्ट फ़ाइव मिनट्स... ओनली फ़ाइव।”

कैथरीन ने उसकी आँखों में देखा, “रोहन... ऑल ओके?”

बिना कुछ बोले रोहन ने हल्के से उसका हाथ थामा और उसे भीड़ से थोड़ा दूर, एक शांत कोने में ले आया।

कुछ सेकंड तक दोनों चुप खड़े रहे।

फिर रोहन ने गहरी साँस ली और एक ही साँस में बोल गया—“कैथरीन... आई लव यू।”

“व्हाट...?!” कैथरीन की आँखें हैरानी से फैल गईं।

“बहुत दिनों से कहना था,” रोहन की आवाज़ काँप रही थी, “लेकिन कह नहीं पा रहा था।

आज हिम्मत की है... इसलिए कह दिया।”

रोहन की बात सुनकर कैथरीन कुछ पल के लिए बिल्कुल स्थिर हो गई।

जैसे शब्दों ने उसे वहीं रोक लिया हो।

फिर उसने धीमी आवाज़ में कहा, “रोहन... सी... वी आर डिफरेंट।

आई एम नोट सूटेबल फ़ॉर यू...” उसने नजरें झुका लीं।

“डिफरेंट कल्चर... डिफरेंट बैकग्राउंड...”

रोहन ने एक क़दम आगे बढ़कर उसकी आँखों में सीधे देखते हुए पूछा,

"कैथरीन... क्या मैं तुम्हें पसंद नहीं हूँ?" उस सवाल में उम्मीद भी थी और डर भी।

कैथरीन ने नज़रें फेर लीं।

कुछ सेकंड बाद बोली, "रोहन... ये जगह इन बातों के लिए सही नहीं है। हम... बाद में बात करेंगे।"

इतना कहकर वह मुड़ी और बिना पीछे देखे वहाँ से चली गई।

रोहन कुछ पल वहीं खड़ा रहा।

खामोश। टूटता हुआ।

फिर उसने दीवार पर ज़ोर से हाथ मारा। दर्द हाथ में नहीं था—दर्द कहीं और था।

वो बिना किसी को देखेहोटल से बाहर निकल गया।

रात ठंडी थी,लेकिन उसके भीतर सब कुछ जल रहा था।

रोहन का बिना बताए होटल से चले जाना किसी को भी अच्छा नहीं लगा था।

घर पहुँचते ही माँ ने सीधे बता दिया, "कल मिहिका के घरवाले आ रहे हैं।"

रोहन ने कोई जवाब नहीं दिया। बस अपने कमरे में चला गया—

जैसे खुद से भाग रहा हो।

शाम ठीक छह बजे मिहिका अपने मम्मी-पापा के साथ घर आ पहुँची।

औपचारिकताओं के बाद रोहन और मिहिका उसके कमरे में बैठ गए।

मिहिका की नज़र रोहन के कैमरे पर पड़ी।

"तुम्हें फोटोग्राफी का शौक है?" उसने सहज-सी मुस्कान के साथ पूछा।

"बस... ऐसे ही थोड़ा-बहुत," रोहन ने टालते हुए कहा।

"क्या मैं ट्राय करूँ?" मिहिका ने कैमरे की ओर हाथ बढ़ाया।

"हाँ... हाँ, क्यों नहीं," रोहन ने कैमरा उसकी तरफ़ बढ़ा दिया।

मिहिका बालकनी की ओर बढ़ गई।

आसमान में सूरज ढल रहा था— नारंगी और सुनहरे रंगों में।

"मैं इस बालकनी से डूबते सूरज की एक तस्वीर लेने की कोशिश कर रही हूँ," उसने कहा।

"मैं तुम्हारे लिए स्नैक्स लेकर आता हूँ," कहकर रोहन बाहर चला गया।

कुछ देर बाद जब वह लौटा, मिहिका अब भी तस्वीरें ले रही थी।

"मिहिका... फोटो हो गई?" रोहन ने हल्की आवाज़ में कहा।

"आओ, कुछ खा लो।" मिहिका ने कैमरा धीरे से टेबल पर रखा।

फिर उसकी तरफ़ देखा— सीधे, बिना घुमाए।

"रोहन..." उसने ठहरकर कहा, "तुम कैथरीन से प्यार करते हो?"

कमरे में अचानक सन्नाटा छा गया।

रोहन के हाथ में पकड़ी प्लेट जैसे भारी हो गई।

सवाल सीधा था—और जवाब से भागने की कोई जगह नहीं थी।

"कैथरीन...!" रोहन चौंकते हुए बोला।

मिहिका ने उसकी ओर शांत नज़रों से देखा।

"रोहन, मैंने जो नई कंपनी जॉइन की है, वहाँ कैथरीन भी काम करती है।

मैं उसे जानती हूँ। तुम्हारे कैमरे में अभी वही है...।"

उसकी आवाज़ में कोई शिकवा नहीं था,बस सच्चाई थी।

"प्लीज़ मुझे डबल क्रॉस मत करो," मिहिका ने सीधे कहा।

"मेरे पैरेंट्स तो यही सोच रहे हैं कि हमारा रिश्ता आगे बढ़ेगा।

तुम साफ़-साफ़ सबको क्यों नहीं बताते?"

रोहन ने सिर झुका लिया।

कुछ सेकंड बाद बोला,"मिहिका... मैं कैथरीन से प्यार करता हूँ।

लेकिन शायद... वो मुझसे नहीं करती।" "शायद?"

मिहिका ने उसकी आँखों में झाँकते हुए पूछा। "इसका मतलब क्या है?"

"मिहिका, तुम बहुत अच्छी लड़की हो," रोहन की आवाज़ में झिझक थी।

"मेरी बात समझने की कोशिश करो। मैंने कैथरीन को प्रपोज़ किया था,

लेकिन उसने कोई जवाब नहीं दिया। मुझे समझ नहीं आ रहा कि आगे क्या करूँ।"

मिहिका कुछ पल चुप रही। फिर हल्की मुस्कान के साथ बोली—

"रोहन, सबसे पहले तुम्हें उससे बात करनी चाहिए। और अगर मेरी मदद चाहिए, तो बेहिचक बताना।"

उसने गहरी साँस ली और आगे कहा, "मुझे यकीन है कि हमारी जोड़ी नहीं बनने वाली,

लेकिन दोस्त बनकर मैं तुम्हारी मदद ज़रूर कर सकती हूँ।"

इतना कहकर मिहिका ने अपना हाथ आगे बढ़ाया।

रोहन ने बिना कुछ बोले उसका हाथ थाम लिया।

मिहिका बाहर वाले कमरे में गई, रोहन की माँ से गले मिलकर विदा ली

और शांति से वहाँ से चली गई।

कमरे में अब रोहन अकेला था.... अगली सुबह रोहन सीधे कैथरीन के घर पहुँच गया।

दरवाज़ा खुलते ही कैथरीन ठिठक गई।

"रोहन... यू...?" उसकी आँखों में हैरानी थी।

"कैथरीन, मुझे तुमसे बात करनी है," रोहन की आवाज़ में दृढ़ता थी।

कैथरीन एक पल चुप रही, फिर दरवाज़ा थोड़ा सा खोलते हुए बोली– "प्लीज़... कम इन।"

कुछ पल की खामोशी के बाद रोहन ने कहा, "क्या बात है, कैथरीन?

क्या तुम मुझे साफ़-साफ़ बता सकती हो?"

कैथरीन ने गहरी साँस ली। जैसे किसी भारी बोझ को उतारने की तैयारी कर रही हो।

"रोहन, तुम एक बहुत अच्छे इंसान हो," उसकी आवाज़ भर्राई।

"आई एम श्योर, तुम एक अच्छे हसबैंड भी बनोगे। लेकिन... हम अलग हैं।" उसने नज़रें झुका लीं।

"मैं एक अच्छी वाइफ़ नहीं बन सकती। तुम्हारा घर, तुम्हारा परिवार—सब बहुत अच्छा है।

लेकिन मेरी फैमिली... वहाँ सब कुछ ठीक नहीं है।" उसकी आँखें नम हो गईं।

"मॉम और डैड अलग रहते हैं। मॉम ने दूसरी शादी कर ली है।

मेरा ब्रदर कुछ करता नहीं है। और डैडी... अब पूरी तरह मुझ पर ही डिपेंड हैं।"

कैथरीन की आवाज़ टूटने लगी।

"रोहन, मैं नहीं चाहती कि मेरी वजह से तुम्हारी ज़िंदगी खराब हो जाए।

तुम्हारा घर बहुत अच्छा है...और तुम्हारी मम्मी एक ऐसी बहू डिज़र्व करती हैं

जो मैं कभी नहीं बन पाऊँगी।" उसने रोहन की ओर देखा,आँखों में सच्चा डर था।

"प्लीज़... मेरे लिए अपनी लाइफ़ खराब मत करो।"

कमरे में गहरी खामोशी छा गई।

फिर रोहन ने एक कदम आगे बढ़कर धीमी लेकिन साफ़ आवाज़ में पूछा—

"कैथरीन...क्या तुम मुझसे प्यार करती हो?" उसने पल भर रुका।

"जस्ट... यस या नो।"

कैथरीन की आँखों में आँसू छलक आए। वो अब अपनी भावनाएँ छुपा नहीं पाई।

उसने रोहन की आँखों में देखा और काँपती आवाज़ में कहा—

"रोहन... आई लव यू..."

एक पल की खामोशी।फिर वो फूट पड़ी—"लेकिन..."

रोहन ने आगे बढ़कर कैथरीन को गले लगा लिया।

धीरे-धीरे उसकी आँखों से बहते आँसू अपनी उँगलियों से पोंछते हुए बोला

"जब तुम भी मुझसे प्यार करती हो, तो अब तक कुछ कहा क्यों नहीं...?"

कैथरीन की पलकों से आँसू थमने का नाम नहीं ले रहे थे।

उसकी आवाज़ काँप रही थी— "रोहन... प्लीज़, कुछ मत पूछो।

मैं इसका जवाब नहीं दे सकती। अभी... तुम जाओ। प्लीज़..."

उसकी टूटी हुई आवाज़ और बिखरा हुआ चेहरा देखकर

रोहन समझ गया था कि यह कोई छोटी बात नहीं है।

उस पल वहाँ रुकना ज़िद नहीं, बल्कि उसकी तकलीफ़ को और बढ़ाना होता।

बिना कुछ कहे, एक आख़िरी नज़र कैथरीन पर डालकर वह चुपचाप वहाँ से चला गया।

थोड़ी देर बाद उसने मिहिका को फोन लगाया।

"मिहिका... यार, अपने दोस्त की मदद करोगी?"

उधर से हल्की-सी हँसी की आवाज़ आई—"जीवनसाथी नहीं बन सके तो क्या हुआ,

पक्के दोस्त तो बन ही सकते हैं। बोलो, क्या बात है? क्या करना है?"

"क्या हम मिल सकते हैं?" रोहन ने झिझकते हुए पूछा।

"ओके।बीस मिनट में मिलते हैं—ट्रैवलर कैफे में।"

जब मिहिका कैफे पहुँची, रोहन पहले से वहाँ मौजूद था।

उसे देखते ही रोहन उठ खड़ा हुआ और बिना कुछ सोचे-समझे उसे गले लगा लिया।

"यार...वो मुझसे प्यार करती है," उसकी आवाज़ में खुशी छलक रही थी।

"आई एम सो हैप्पी!"

मिहिका की आँखों में एक पल के लिएकुछ टूट-सा गया, लेकिन उसने मुस्कान को अपने चेहरे से हटने नहीं दिया।

वो मुस्कान उस प्यार को छुपा रही थी जो वो रोहन से करने लगी थी— और उस दोस्ती को जता रही थी

जो उसने खुद से वादा की थी।

"ओह! ग्रेट,"

उसने सहज लहजे में कहा। "तो फिर प्रॉब्लम क्या है?"

"मिहिका, कैथरीन तुम्हारे ऑफिस में काम करती है...क्या तुम कुछ पता कर सकती हो?"

रोहन की आवाज़ में बेचैनी साफ़ झलक रही थी।

"उसके घर में कोई परेशानी है या कोई और बात। मैं अपनी तरफ़ से जानने की कोशिश करता हूँ।"

मिहिका ने बिना देर किए सिर हिलाया। "ठीक है, मैं कुछ करती हूँ,"।

रोहन ने बाइक की चाबी उठाई और कैफे से बाहर निकल गया।

मिहिका वहीं खड़ी उसे जाते हुए देखती रही।

रोहन की मुस्कान...उसका यूँ गले लगाना...आँखों की वह चमक—

सब कुछ कितना सच्चा, कितना सुंदर था।

एक आह उसके दिल से निकल पड़ी "काश... काश रोहन मेरा होता।"

अगले दिन ऑफिस में मिहिका की मुलाकात कैथरीन से हुई।

उसने सहजता से अपना परिचय दिया और काम के बाद मिलने का प्रस्ताव रखा।

शाम को दोनों ऑफिस के बाहर मिले।

कुछ पल की चुप्पी के बाद मिहिका ने सीधे दिल की बात कही—

"कैथरीन, रोहन बहुत अच्छा लड़का है।वो तुम्हें बहुत प्यार करता है।

और तुम भी उसे चाहती हो...तो फिर परेशानी क्या है?"

कैथरीन ने गहरी साँस ली। उसकी आँखों में डर साफ़ झलक रहा था।

"आई नो, मिहिका...रोहन इज़ अ ग्रेट पर्सन। बट... हमारा कल्चर अलग है।

और यू नो... वो मुझसे बेहतर लड़की डिज़र्व करता है।"

उसकी आवाज़ धीमी होती चली गई। "मैं नहीं चाहती कि मेरे मम्मी-डैडी की तरह

हमारी शादी भी टूट जाए।तुम सोच भी नहीं सकती ब्रोकन मैरिज में बच्चे कितना सफ़र करते हैं..."

उसकी आँखें भर आईं—

"मुझे कमिटमेंट से डर लगता है, मिहिका।अगर मैं रोहन के घर में खुद को एडजस्ट नहीं कर पाई तो...?

मुझे कभी अपने पैरेंट्स का पूरा प्यार नहीं मिला।लेकिन रोहन के साथ कुछ भी गलत नहीं होना चाहिए।

मैं चाहती हूँनवो हमेशा खुश रहे। उसके पैरेंट्स मुझे शायद एक्सेप्ट न कर पाएं।

और बाद में सभी को परेशानी झेलनी पड़ेगी।रोहन ये सब अभी नहीं समझ पाएगा...”

मिहिका ने आगे बढ़कर कैथरीन का हाथ थाम लिया।

“ओह कैथरीन...आई कैन अंडरस्टैंड योर फियर,” उसकी आवाज़ में अपनापन था।

“हर रिश्ते में एडजस्टमेंट होता है। लेकिन प्यार मेंबहुत ताक़त होती है।

अगर तुम दोनों साथ हो,तो कोई भी मुश्किल प्यार के बीच,तुम्हारे रिश्ते के बीच नहीं आ सकती।”

मिहिका ने धीरे से टेबल पर कुछ तस्वीरें रखीं।

वे मनाली की थीं— हँसता हुआ रोहन,और उसके पास खड़ी कैथरीन।

तस्वीरों में बर्फ़ से ढकी पहाड़ियाँ थीं,

और उन पहाड़ों के बीच दो दिल अनजाने ही एक-दूसरे के क़रीब आ चुके थे।

मिहिका ने एक तस्वीर की ओर इशारा किया और बोली, “रोहन ने ये तस्वीरें जिस दिन ली थीं,

उसी दिन से वो तुमसे प्यार करने लगा था।

देखो...तुम दोनों एक साथ कितने अच्छे लगते हो।” उसने कैथरीन की आँखों में देखते हुए

सीधे दिल पर वार करने वाला सवाल किया—“क्या तुम रोहन के बिना रह सकती हो?

यस या नो?”

कैथरीन के हाथ काँपने लगे।उसने तस्वीर उठाई और उसे अपने सीने से लगा लिया।

उसकी आवाज़ टूट गई—“नो, मिहिका... नो...”

उस एक शब्द मेंउसका डर, उसका प्यार,और उसकी पूरी ज़िंदगी सिमट आई थी।

मिहिका के चेहरे पर सुकून की मुस्कान फैल गई।

“तो फिर इस प्यार को अपना लो। तुम बहुत लकी हो, कैथरीन—

कि तुम्हें रोहन जैसा इंसान मिला।”

तभी दरवाज़ा खुला। रोहन अपनी माँ के साथ अंदर आया।

उन्हें देखते ही कैथरीन और मिहिका दोनों खड़ी हो गईं।

मिहिका ने आँखों से कैथरीन को मां के पैर छूने का इशारा किया।

कैथरीन झिझकते हुए आगे बढ़ी और रोहन की माँ के पैर छूने लगी।

लेकिन माँ ने उसे झुकने नहीं दिया। उसे सीने से लगा लिया

और भावुक आवाज़ में बोली—"वेलकम टू आवर फैमिली, माय डॉटर-इन-लॉ।"

कैथरीन की आँखों से आँसू बह निकले।

रोहन भी आगे बढ़ा और माँ व कैथरीन—दोनों को अपने बाँहों में समेट लिया।

उस पल तीनों के चेहरे पर एक ही खुशी थी—पूरी, सच्ची और गहरी।

मिहिका ने चुपचाप टेबल पर रखी रोहन की तस्वीर के पास अपने फोन में सेव अपनी एक तस्वीर रखी—बस एक पल के लिए।फिर मुस्कुराकर वापस फोन अंदर रख लिया।

कुछ एहसास दिल में ही अच्छे लगते हैं।इसके बाद वह भी उनकी खुशियों में शामिल हो गई—

बिलकुल सच्ची मुस्कान के साथ।

क्योंकि कभी-कभी किसी और की खुशी में खुश होना ही सबसे बड़ा प्यार होता है।

4

रूह से रूह का सफर

सुबह की हल्की धूप ड्रॉइंग रूम की खिड़की से छनकर अंदर आ रही थी, लेकिन घर के माहौल में कहीं भी उजास नहीं था। ललित जी अख़बार हाथ में लिए सोफ़े पर बैठे थे। चश्मा कभी आँखों पर, कभी हाथ में—जैसे शब्दों से ज़्यादा उनका गुस्सा बोल रहा हो।

"मैं तो पहले ही खिलाफ था इस रिश्ते के," उन्होंने अचानक अख़बार मोड़ते हुए कहा, "लेकिन तुमने ही तो बढ़ावा दिया था। अब भुगतो। बड़ों की बात किसी को सुननी नहीं है, फिर बस... यही नतीजा होता है।"

रचना जी बिस्तर की चादर को तह करते हुए ठिठक गईं। उनकी भौंहें तन गईं। सुबह की थकान और घर की उलझनों ने पहले ही उन्हें बोझिल कर रखा था।

"आप पेपर पढ़ो," उन्होंने बिना उनकी तरफ देखे कहा, "सुबह-सुबह मुझे मत सुनाओ। मैं भी परेशान हूँ। आपका तो बस खाओ, पियो, बैठो—यही काम है। मुझे घर भी संभालना है, अवंती की भी सुननी है और अब नेहा की परेशानी अलग से।"

इसी बीच अवंती तेज़ कदमों से कमरे में आई। हाथ में बैग था और पैर में हिल्स चढ़ाते हुए वह जैसे वक्त से रेस लगा रही हो।

"मम्मी, मैं निकल रही हूँ। रात को देर होगी। आर्यन को समय से घर ले आना," उसने जल्दी में कहा और जवाब का इंतज़ार किए बिना दरवाज़े की ओर बढ़ गई।

रचना जी ने अलमारी में चादर रखते हुए गहरी साँस ली। उनके मन का सारा बोझ शब्दों में ढल पड़ा।

"लो, आ गया ऑर्डर। अपने तो संभाले नहीं जाते, अब इनके बच्चे भी हम ही संभालें। बहू तो आई, लेकिन बहू का एक सुख भी इस घर में नहीं है।"

बड़बड़ाती हुई वह बाहर चली गईं।

कमरे में सन्नाटा पसर गया। ललित जी फिर से अख़बार में डूब गए, लेकिन इस बार अक्षर साफ़ दिखाई नहीं दे रहे थे। देश-दुनिया की ख़बरें सामने थीं, पर उनके मन में सिर्फ़ अपने घर की उलझी हुई कहानी चल रही थी।

"मेरी पाँच बजे की फ्लाइट है। पार्थ को स्कूल से डायरेक्ट चली जाऊँगी।"

नेहा अलमारी से कपड़े निकालते हुए उन्हें बिना सलीके के लाल सूटकेस में ठूँस रही थी। हाथ काँप रहे थे, लेकिन आवाज़ में अजीब-सी कठोरता थी। उसने यह बात अमन से कही ज़रूर थी, पर भीतर कहीं उम्मीद अब भी थी—शायद वह उसे रोके, पूछे, समझे।

अमन ने टेबल पर रखा टोस्ट उठाया, देखा... और वहीं छोड़ दिया। उसकी आँखों में न कोई सवाल था, न चिंता।

"तुम्हारी मर्ज़ी," उसने सपाट स्वर में कहा, "तुमने तय कर ही लिया है तो बताने का भी क्या फ़ायदा। मैं ऑफिस निकल रहा हूँ।"

दरवाज़ा बंद होने की आवाज़ घर में गूँज गई।

नेहा वहीं खड़ी रह गई। गुस्से से उसका चेहरा लाल पड़ गया, आँखों में नमी तैर आई।

"इतनी अकड़ है इस आदमी में..." उसने दाँत भींचते हुए खुद से कहा, "काश! पहले पता होता तो आज ये दिन नहीं देखना पड़ता।"

उसने जैसे-तैसे सूटकेस बंद किया और उसे एक ओर सरका दिया। अब उसे पार्थ के काग़ज़ चाहिए थे—पासपोर्ट, आधार कार्ड। अलमारी, ड्रॉअर, फाइलें... सब उलटने लगी। घर देखते-देखते अस्त-व्यस्त हो गया, जैसे उसके मन की हालत।

रसोई में कुक ने नाश्ता और खाना बनाकर ढक रखा था। प्लेटों से उठती खुशबू हवा में तैर रही थी, पर भूख किसी को नहीं थी। सब कुछ था—सुविधाएँ, सामान, घर—बस सुकून नहीं था।

बालकनी में रखे सात-आठ गमलों में से तीन पौधे लगभग सूख चुके थे। नेहा की नज़र उन पर ठहर गई। कभी वह खुद रोज़ उन्हें पानी देती थी। कब लापरवाही ने जगह ले ली, उसे पता ही नहीं चला।

दस साल की गृहस्थी...आज उन सूखते पौधों की तरह।

"क्या बात है... ऑल गुड?" अवंती के बगल वाली कुर्सी पर बैठते हुए ममता ने सहज-सा पूछा।

अवंती ने हल्की मुस्कान लाने की कोशिश की, मगर वह टिक नहीं पाई। उसने बैग को गोद में खिसकाया और गहरी साँस ली।

"अरे यार, क्या बताऊँ," वह धीमे स्वर में बोली, "मेरी ननद नेहा और उसके हसबैंड के बीच काफी समय से प्रॉब्लम चल रही थी। वो तो तुझे पता ही है। अब नेहा दी ने डाइवोर्स लेने का मन बना लिया है। आज ही बेटे को लेकर यहाँ आ रही है।"

कहते-कहते उसकी आवाज़ में थकान साफ़ झलकने लगी।

"मैं तो परेशान हो गई हूँ, ममता। सास-ससुर तक तो ठीक था, लेकिन अब ननद और उसका बच्चा भी... निशित तो बस वीकेंड पर आता है। बाकी सब मुझे ही देखना पड़ेगा।"

उसने बात खत्म करते हुए जैसे भीतर जमा बोझ को बाहर छोड़ा और लंबी साँस ली।

ममता ने कुछ पल उसे देखा, फिर पास रखी पानी की बोतल उठाकर घूँट लिया।

"अरे, मुझे तो समझ ही नहीं आता," वह सिर हिलाते हुए बोली, "लोग लव मैरिज करके तलाक तक कैसे पहुँच जाते हैं? एक-दूसरे को जानने-समझने का इतना समय मिलता है, फिर भी?"

उसके शब्दों में हैरानी से ज़्यादा समाज की पकी-पकाई सोच थी।

"हमारी देखो—अरेंज मैरिज," उसने आगे कहा, "बस नाम-पता मालूम था, एक-दो बार देखा था। शादी तो निभानी ही पड़ती है। ऐसे कैसे रिश्ता तोड़ देते हैं लोग? आखिर में तो मायके वाले ही परेशान होते हैं।"

उसने अवंती की तरफ देखते हुए सवाल उछाल दिया—"तुझे तो बड़ी मुश्किल होगी। कैसे मैनेज करेगी सब?"

अवंती ने जवाब नहीं दिया। उसकी आँखें सामने कहीं टिक गईं—शायद अपने आने वाले दिनों की जिम्मेदारियों और अनकहे सवालों पर।

नेहा कमरे में अकेली बैठी थी। लैपटॉप उसकी गोद में रखा था। उसने कुछ ईमेल किए, फिर तीन दिन की छुट्टी के लिए आवेदन भेज दिया। सबमिट के साथ ही जैसे किसी फैसले पर मुहर लग गई हो।

उसने आँखें मूँद लीं और सिर दीवार से टिका दिया।

कभी सपने में भी नहीं सोचा था कि यह दिन देखना पड़ेगा।

पलंग पर बिछी हल्के पीले फूलों वाली चादर, खिड़की पर लटकते सुनहरे पर्दे और दीवार पर टँगी उनकी शादी की तस्वीर—सब मानो उसे रोक रहे हों। जैसे हर चीज़ उससे पूछ रही हो, क्या सच में जाना ज़रूरी है?

कितने जतन से अमन और नेहा ने यह घर सजाया था।

कुछ भी नहीं था उनके पास—न पैसे, न सहारा—बस एक-दूसरे पर भरोसा था। और उसी भरोसे के सहारे उन्होंने सब कुछ खड़ा कर लिया था।

फोन के नोटिफिकेशन की आवाज़ से नेहा चौंक गई। स्क्रीन पर बिजली के बिल का मैसेज था। आदतन उसने उसे तुरंत अमन को फॉरवर्ड कर दिया। उँगलियाँ रुक गईं—यह आदत अब भी नहीं टूटी थी।

फोन को बाज़ू में रख वह रसोई में चली गई। टिफिन में पार्थ के लिए दो पराठे और आलू की सब्ज़ी रखी। पानी की बोतल भरी। माँ होने की जिम्मेदारी, मन के तूफ़ान से कहीं ज़्यादा सधी हुई थी।

तभी उसकी नज़र शेल्फ़ पर रखे एक मग पर पड़ी।

उस पर अमन, पार्थ और उसकी अपनी मुस्कुराती हुई तस्वीर छपी थी।

यह मग बस यूँ ही सजाकर रखा था। अमन को डर लगता था—इसमें चाय या कॉफी पी तो मग खराब हो जाएगा, पानी से धोया तो प्रिंट उतर जाएगा।

नेहा ने मग उठाया। उँगलियों से उस तस्वीर को धीरे-धीरे सहलाया—जैसे किसी याद को आख़िरी बार छू रही हो। फिर बिना कुछ कहे उसे किनारे रख दिया।

कुछ चीज़ें संभालकर रखने के लिए नहीं बनी होती...। “मम्मी, हम नानी के घर क्यों जा रहे हैं?”

पार्थ ने स्कूल बैग मम्मी को थमाते ही सहज-सा सवाल किया। नेहा ने एक पल को उसकी आँखों में देखा, फिर नज़रें चुरा लीं।

“पार्थ, बाद में बताऊँगी,” उसने जल्दबाज़ी में कहा, “अभी जल्दी घर चलना है, नहीं तो हमारी फ्लाइट मिस हो जाएगी।”

“पापा क्यों नहीं आ रहे हमारे साथ?” इस बार पार्थ ने सीधे मम्मी के चेहरे की तरफ देखते हुए पूछा।

नेहा का दिल जैसे किसी ने कसकर पकड़ लिया।

“पापा को काम है,” उसने आवाज़ को सामान्य रखने की कोशिश की, “बाकी सब बाद में। चलो, जल्दी।”

“जल्दी से यूनिफॉर्म बदल लो,” नेहा बोले जा रही थी, “मैंने तुम्हारे लिए टिफिन ले लिया है, किताबें भी रख ली हैं। ये देखो—तुम्हारा अपना बैग भी है।”

वह बेटे को कम, खुद को ज़्यादा समझा रही थी।

“मम्मी, पापा एयरपोर्ट नहीं आएँगे?” पार्थ की आवाज़ में डर उतर आया।

“हम अकेले जाएँगे?” नेहा का धैर्य जवाब दे गया।

“पार्थ, बस करो पापा... पापा...” उसकी आवाज़ भर्रा गई, “मैं हूँ ना तुम्हारे साथ। फिर अकेले क्यों?”

पार्थ की आँखें भर आईं। उसका चेहरा और छोटा हो गया।

वह सब समझ चुका था।

बच्चे छोटे ज़रूर होते हैं, लेकिन भावों को समझने में वे कभी चूकते नहीं। पिछले कई महीनों से घर में जो चुप्पियाँ, तीखे शब्द और अधूरे संवाद चल रहे थे—पार्थ उन्हें महसूस कर चुका था।

कुछ ही देर में पार्थ अपना बैकपैक कंधे पर टाँगे मम्मी के साथ एयरपोर्ट पहुँच गया।

औपचारिकताएँ पूरी होते ही दोनों गेट नंबर दो के पास आकर बैठ गए।

नेहा ने पार्थ को थोड़ा-सा खाना खिलाया और फोन उसके हाथ में थमा दिया।

"लो, गेम खेलो।"

"मम्मी, आप नहीं खाओगी?"

"नहीं बेटा, मम्मा को भूख नहीं है।"

"पापा से गुस्सा हो आप?"

नेहा ने तुरंत लैपटॉप खोल लिया, जैसे स्क्रीन की आड़ में खुद को छुपा रही हो।

"पार्थ, अपना गेम खेलो।"

इसी बीच सोशल मीडिया पर एक नोटिफिकेशन चमका—फ्रेंड रिक्वेस्ट।

नेहा ने बिना ज़्यादा सोचे उसे अनदेखा कर दिया।

लेकिन उसी पल उसकी स्मृति में एक और एयरपोर्ट उभर आया।

वह भी ऐसा ही दिन था। पहली नौकरी। बैंगलुरु की जॉइनिंग।

दिल उम्मीदों से भरा हुआ, आँखों में सपने।

तभी उसे भी एक फ्रेंड रिक्वेस्ट आई थी।

उसने उत्सुकता में प्रोफाइल खोली थी।

न स्कूल का दोस्त...न कॉलेज का...न कोई रिश्तेदार...तो फिर वह कौन था?

नेहा की उँगलियाँ लैपटॉप के कीबोर्ड पर ठहर गईं।

घोषणा की आवाज़ गूँजी—"फ्लाइट बोर्डिंग शुरू होने वाली है..."

और अतीत, वर्तमान से टकरा गया।

नेहा—जिसका कद लगभग पाँच फुट तीन इंच था। साफ़ रंग, काले घने बाल और चेहरे पर हर पल ठहरी रहने वाली एक मीठी मुस्कान। पढ़ाई में हमेशा अव्वल रही। कॉलेज के आख़िरी साल में ही नौकरी मिल गई थी। पापा–मम्मी की लाडली बेटी थी नेहा।

आँखों में बड़े सपने लिए वह बैंगलुरु जा रही थी।

किसी अनजान की फ्रेंड रिक्वेस्ट एक्सेप्ट करने का सवाल ही नहीं उठता था।

"पता नहीं कहाँ-कहाँ से लोग आ जाते हैं..." उसने मन ही मन सोचा और फोन लॉक कर दिया।

फ्लाइट समय पर बैंगलुरु पहुँच गई।

"मम्मी, मैं ठीक से आ गई हूँ," नेहा ने एयरपोर्ट से ही माँ को फोन किया।

"अपना ध्यान रखना बेटा... फोन करते रहना," माँ ने राहत की साँस लेते हुए कहा,"वैसे ऑफिस कैसा है?"

"मम्मी, अभी तो मैं बस ऑफिस के अंदर ही जा रही हूँ," नेहा ने मुस्कुराकर कहा,

"सब देख लूँ, बात कर लूँ, फिर कॉल करूँगी।"

"अच्छा ठीक है,"

माँ की आवाज़ में गर्व साफ़ झलक रहा था।

"गुड मॉर्निंग... जॉइनिंग है आज... नेहा शर्मा।"

ऑफिस के रिसेप्शन पर खड़े होकर नेहा ने आत्मविश्वास से अपना परिचय दिया।

"प्लीज़ वेट..."

नेहा पास ही रखी कुर्सी पर बैठ गई। दिल की धड़कनें थोड़ी तेज़ थीं। आसपास कुछ और नए लोग भी बैठे थे।

उसी दौरान पास वाली कुर्सी पर बैठे एक युवक ने उसकी ओर देखा। ऊँचाई लगभग पाँच फुट दस इंच, कद–काठी सामान्य और रंग साफ़।

"पेन है?" उसने संकोच से पूछा।

"हाँ, एक मिनट।" नेहा ने बैग से नीले रंग का पेन निकालकर उसे दे दिया।

तभी रिसेप्शन पर बैठी महिला ने उसका नाम पुकारा। "नेहा शर्मा..."

नेहा तुरंत उठी और अंदर चली गई।

फॉर्मेलिटीज़ पूरी करने में लगभग दो घंटे लग गए। फिर टीम मीट का समय हुआ। सबने साथ में कैंटीन में खाना खाया।

भैरवी और सचिन उसकी टीम में थे। टीम हेड—अखिलेश सर।

सर के आते ही सब खड़े हो गए। अखिलेश सर कुछ कहने ही वाले थे कि उनका फोन बज उठा।

"नेहा शर्मा... लास्ट कॉल... तुरंत बोर्ड करें..."

घोषणा की आवाज़ ने नेहा को उसकी आठ साल पुरानी ज़िंदगी की किताब से खींचकर वर्तमान में ला खड़ा किया।

"पार्थ, बेटा, चलो जल्दी..."

दोनों ने तुरंत फ्लाइट बोर्ड की। कुछ पैसेंजर्स उन्हें देखने लगे। नेहा को अजीब-सी झेंप महसूस हुई।

अपनी सीट पर बैठते ही उसने गहरी साँस ली। पार्थ भी थोड़ा सहमा हुआ था। मासूम दिल की बेचैनी कौन समझ पाए।

करीब डेढ़ घंटे की फ्लाइट थी।

"पार्थ, आँखें बंद करके सो जाओ बेटा।"

"मम्मी, मुझे नींद नहीं आ रही।"

"कोशिश करो बेटा।"

"मम्मी, मैं गेम खेलूँ?"

"फोन... फोन... फोन... आँखें खराब हो जाएँगी," नेहा ने झुँझलाकर कहा, "चुपचाप सो जाओ।"

बड़ों के झगड़ों की आग में अक्सर मासूम बच्चों की भावनाएँ झुलस जाती हैं।

पार्थ ने आँखें बंद कर लीं, लेकिन वह सब महसूस कर रहा था। मम्मी–पापा के बीच होने वाली बहसें उसने कई बार सुनी थीं। आज भी वह चुप था—जैसे हमेशा रहता था।

नेहा को याद आया—पहले वह कितनी उत्साही थी। पहले ही दिन कितना कुछ करना चाहती थी।

अखिलेश सर के साथ हुई बातचीत उसकी स्मृतियों में तैरने लगी।

"सर, मेरा क्या रोल होगा?" उसने पूरे आत्मविश्वास से पूछा था।

"आज जॉइन किया है," अखिलेश सर ने मुस्कुराकर कहा था,

"पहले प्रोजेक्ट समझो, कुछ दिन काम करो। फिर सब होगा। आज एंजॉय करो।"

कहते हुए उन्होंने अपना आईडी कार्ड ठीक किया।

"सर... अखिलेश सर, एक मिनट प्लीज़..." किसी कर्मचारी ने उन्हें बुला लिया और वे चले गए।

"चलो, हम अपने कार्ड ले लेते हैं," भैरवी ने कहा।

तीनों एच.आर. के केबिन की ओर चल पड़े।

"भैरवी, आप कहाँ से हैं?" नेहा ने पूछा।

"मैं तो यहीं से हूँ।"

"सचिन, आप?"

"नागपुर से।"

"नेहा, आप कहाँ से हो?"

"मैं पुणे से हूँ।" नेहा ने मुस्कुराकर जवाब दिया।

तीनों आपस में जल्दी ही घुल-मिल गए। नया शहर, नया ऑफिस और नया सफ़र—शुरुआत उम्मीद से कहीं बेहतर रही।

"अखिलेश सर थोड़े स्ट्रिक्ट लगे मुझे तो," भैरवी ने आसपास नज़र दौड़ाते हुए धीमी आवाज़ में कहा।

"हमें अपना काम अच्छे से करना है बस," नेहा ने पूरे आत्मविश्वास के साथ जवाब दिया, "फिर कोई हमें क्या ही बोलेगा?"

सचिन ने घड़ी की तरफ देखा। "मैं बाद में मिलता हूँ," कहकर वह आगे बढ़ गया।

"अरे! इसे क्या हुआ?" नेहा ने हल्की हैरानी से कहा।

वे दोनों अभी कुछ कदम ही चली थीं कि पीछे से आवाज़ आई—"हेलो... हेलो... सुनिए!"

नेहा और भैरवी रुक गईं।

"कौन है?" भैरवी ने पलटकर पूछा।

"पता नहीं..." नेहा ने कंधे उचकाते हुए कहा।

तभी वह लड़का तेज़ क़दमों से उनकी ओर आया। चेहरे पर सहज-सी मुस्कान थी, जैसे किसी पुराने परिचय की उम्मीद लेकर आया हो।

नेहा की नज़र उस पर टिक गई।

"हाँ, बोलो..." नेहा ने सहजता से पूछा।

"आपका पेन..." लड़के ने मुस्कुराते हुए पेन नेहा की ओर बढ़ा दिया।

"ओह! पेन..." नेहा ने हल्की-सी मुस्कान के साथ पेन लिया और बैग में रख दिया।

"मायसेल्फ मयंक," उसने थोड़ा संकोच तो थोड़ा आत्मविश्वास लिए अपना परिचय दिया, "आज ही जॉइन किया है।"

"ओके, गुड... सेम," नेहा ने कहा, "हमने भी आज ही जॉइन किया।"

"मायसेल्फ भैरवी..." भैरवी ने आगे बढ़कर कहा।

"मैं नेहा..." नेहा ने भी अपना नाम बताया।

तीनों अभी बात कर ही रहे थे कि सामने से अखिलेश सर निकलते दिखाई दिए। उनकी चाल में एक अलग-सा रुतबा था। उन्हें देखकर ही अंदाज़ा हो जाता था कि वे ऊँचे पद पर हैं।

अखिलेश सर ने उन्हें देखा और हल्की मुस्कान के साथ कहा, "एंजॉय योर डे।"

इतने में सचिन भी वहाँ आ गया।

मयंक भले ही किसी दूसरे प्रोजेक्ट में असाइन हुआ था, लेकिन उस दिन चारों ने बाकी का समय साथ बिताया—

नए शहर में, नए ऑफिस में, एक-दूसरे की संगत में।

"वॉटर... मैम?" एयरहोस्टेस की आवाज़ से नेहा के साथ बैठी महिला ने जवाब दिया।

उसी आवाज़ के साथ नेहा की भी आँख खुल गई। उसने कलाई पर बँधी घड़ी देखी—पुणे पहुँचने में अब बस कुछ ही देर बाकी थी।

पार्थ उसकी गोद से सटकर गहरी नींद में था। "बेचारे को आज बेवजह डाँट दिया..."

नेहा ने उसके बालों में उँगलियाँ फेरते हुए मन ही मन खुद को कोसा।

"मम्मी... हम आ गए?" पार्थ आधी नींद में बुदबुदाया।

"बस आ ही गए, बेटा।" नेहा ने धीमे से कहा।

पंद्रह मिनट बाद दोनों ने सामान लिया और टैक्सी में बैठ गए।

फोन बजा।

"हाँ नेहा बेटा, कहाँ पहुँची?" माँ की आवाज़ में चिंता साफ़ झलक रही थी।

"बस माँ, अभी एयरपोर्ट से निकली हूँ," नेहा ने दिलासा दिया, "घंटे भर में घर पहुँच जाऊँगी। आप चिंता मत करो।"

"पार्थ रात में क्या खाएगा?" माँ ने तुरंत पूछा।

नेहा ने फोन स्पीकर पर डाल दिया। "देखो पार्थ, नानी क्या पूछ रही हैं," उसने मुस्कुराकर कहा, "आप क्या खाओगे?"

"हेलो नानी," पार्थ की आवाज़ में मासूम खुशी झलक आई, "मैं तो गुड बॉय हूँ, सब खा लेता हूँ।"

"मैंने अपने पार्थ के लिए साबूदाना खिचड़ी बनाई है," नानी ने लाड़ से कहा।

"ओके..." पार्थ ने संतोष भरे स्वर में कहा और फिर नेहा की ओर सिमट गया।

टैक्सी शहर की सड़कों पर बढ़ रही थी— और नेहा के भीतर,थकान के बीच एक सुरक्षित ठहराव की उम्मीद धीरे-धीरे जाग रही थी।

आपके इस अंश को मैं समानांतर भावनाओं (अमन का सूना घर और नेहा की बेचैनी) के साथ उपन्यासात्मक गहराई में ढाल रही हूँ—ताकि दोनों तरफ़ का खालीपन एक-दूसरे को प्रतिध्वनित करे।-

उधर अमन भी ऑफिस से घर पहुँचा। आज घर कुछ ज़्यादा ही खाली था।

जिस वक़्त रोज़ नेहा और पार्थ की आवाज़ों से घर भरा रहता था, आज वहाँ सन्नाटा पसरा था—भारी और चुभता हुआ।

उसने चाबी स्टैंड पर रखी और सीधे रसोई में पानी पीने चला गया।

रसोई वैसी ही बिखरी पड़ी थी, जैसी सुबह छोड़ी गई थी—अधूरी, अस्त-व्यस्त।

जैसे किसी ने अचानक सब कुछ बीच में ही छोड़ दिया हो।

पानी की बोतल हाथ में लिए वह बाहर कमरे में आया।

बालकनी में रखे मुरझाए पौधों पर उसकी नज़र पड़ी।

उसे ऐसा लगा मानो उसके अपने जीवन में भी पतझड़ उतर आया हो।

तभी कानों में नेहा की आवाज़ गूँजी—"पहले हाथ-मुँह धो लिया करो, अमन... पार्थ भी ऐसा ही सीखेगा।"

अमन झट से सीधा हुआ। पर कमरे में कोई नहीं था।

नेहा नहीं थी...

लेकिन उसकी मौजूदगी के हर निशान वहाँ बिखरे पड़े थे। उसकी महक। अलमारी में टंगे उसके कपड़े।

इधर-उधर पड़े बालों के क्लिप—जिन्हें वह अक्सर रखकर भूल जाती थी और फिर परेशान होकर ढूँढती फिरती थी।

आईने के कोने में दो छोटी-सी बिंदियाँ चिपकी थीं—परसों ही पूजा के समय लगाई थीं।

सोफे के किनारे वाली मेज़ पर पार्थ की छोटी-सी लाल कार रखी थी—उसकी सबसे फेवरेट।

अमन ने न जाने कितनी बार नेहा से छिपकर पार्थ के लिए ऐसी कारें खरीदी थीं।

और हर बार नेहा हँसते हुए डाँट देती— "क्या यार अमन... फिर खरीद लाए! बिगाड़ दोगे उसे तुम।"

अमन शरारत से उसके गाल खींच लेता— "तुम हो ना... कैसे बिगड़ेगा? पार्थ की प्यारी मम्मी।"

आज वही यादें, उसी घर में, अमन को चुपचाप तोड़ रही थीं।

इधर एयरपोर्ट से घर तक की दूरी आज नेहा को कुछ ज़्यादा ही लंबी लग रही थी।

अपना ही शहर उसे अजनबी-सा क्यों लग रहा था?

"मम्मी... मेरा स्कूल?" पार्थ ने धीमी आवाज़ में पूछा।

"बेटा, अब हम नाना-नानी के साथ रहेंगे," नेहा ने संयम से कहा,

"मज़े करेंगे। यहाँ भी बहुत अच्छे स्कूल हैं। तुम्हें अच्छा लगेगा।"

"मुझे यहाँ नहीं रहना," पार्थ ने साफ़ कहा, "मुझे अपने स्कूल में ही रहना है।"

“ओके... ओके...” नेहा ने जल्दी से बात टाल दी, “बाद में बात करते हैं।

देखो, ये कितना सुंदर है।” वह बेटे का ध्यान बँटाने की कोशिश कर रही थी—

लेकिन उसका अपना मन बेचैन था।

ज़िंदगी का आगे का रास्ता उसे खुद नहीं पता था। कितनी अनप्रेडिक्टेबल होती है ज़िंदगी...

कब सोचा था कि एक दिन ऐसा भी आएगा? सिग्नल पर गाड़ी रुकी।

एक लड़का हाथ में फूल लिए खिड़की के पास आकर इशारा करने लगा।

नेहा ने मना कर दिया।

लाल गुलाब—उसके पसंदीदा फूल।

लेकिन आज वे उसे काग़ज़ के बेरंग फूलों जैसे लगे।

हरा सिग्नल हुआ।गाड़ी आगे बढ़ी। और कुछ ही देर में नेहा अपने मायके के दरवाज़े पर खड़ी थी—

एक नई शुरुआत के डर के साथ...और बीते रिश्ते के भारी सन्नाटे को दिल में समेटे हुए।

दरवाज़े पर नेहा की माँ पहले से खड़ी थीं। जैसे बेटी के आने की आहट उन्होंने दिल से ही सुन ली हो।

नेहा ने टैक्सी का पेमेंट किया, सामान निकाला।

माँ की नज़र पार्थ पर पड़ी—और अगले ही पल उन्होंने उसे सीने से लगा लिया।

“आ गया मेरा बच्चा...” उनकी आवाज़ भर आई।

“नेहा, सारा सामान आ गया?” माँ ने खुद को सँभालते हुए पूछा।

“हाँ माँ, इतना ही था।”

“चल अंदर आ जा,” माँ ने कहा,

“पहले चाय बना दूँ?”

“नहीं माँ,”

नेहा ने थकी हुई आवाज़ में कहा, “आप पार्थ को कुछ खिला देना। मुझे थोड़ी देर आराम करना है।”

इतना कहकर नेहा बिना अपने पिता से मिले सीधे अपने कमरे में चली गई।

बैग टेबल पर रखा और बिस्तर पर लेटकर आँखें मूँद लीं—

जैसे खुद को दुनिया से कुछ देर के लिए अलग कर लेना चाहती हो।

“आ गया हमारा बेटा पार्थ!” नेहा के पापा ने मुस्कुराते हुए उसे पास बुलाया।

“पापा कहाँ हैं?” पार्थ कुछ कह पाता, उससे पहले ही माँ बोल पड़ीं—“बच्चे से क्या पूछते हो?”

उन्होंने बात काट दी, "चलो बेटा, पहले खाना खाते हैं।"

माँ पार्थ का हाथ पकड़कर उसे बाहर ले गईं।

नेहा के पिता वहीं खड़े रह गए।

"समझ नहीं आ रहा... नेहा सही कर रही है या नहीं," वे मन ही मन बड़बड़ाए।

"ऐसे थोड़ी न चलती है ज़िंदगी। आगे का क्या सोचा है उसने?"

यह गुस्सा नहीं था—यह एक पिता की अपनी बेटी के भविष्य को लेकर गहरी चिंता थी।

"नेहा," माँ ने उसके कमरे में झाँकते हुए धीरे से कहा,

"अवंती आज देर से आएगी। तू कुछ खा ले। मैं आर्यन को गार्डन से लेकर आती हूँ।"

उन्होंने प्यार से नेहा के माथे पर हाथ रखा।

"माँ, मुझे सच में भूख नहीं है," नेहा ने करवट बदलते हुए कहा,

"आप पार्थ को भी साथ ले जाइए।"

माँ ने सूटकेस को किनारे सरकाया। "नेहा... पापा से मिल तो ले।"

नेहा उठकर बैठ गई।

"माँ, मुझे पता है," उसकी आवाज़ में अपराधबोध था,

"मेरे यहाँ आने से पापा और अवंती को अच्छा नहीं लगा होगा।"

"नहीं नेहा," माँ ने तुरंत कहा, "ऐसा नहीं है। ये तेरा भी घर है।"

उन्होंने घड़ी की तरफ देखा। "अभी तू आराम कर। मैं जल्दी से जाकर आती हूँ।"

माँ बाहर चली गईं, लेकिन उनका दिल भीतर से रो रहा था।

बस चेहरे पर मजबूती का मुखौटा था।

कौन माँ चाहेगी कि उसकी बेटी का घर-परिवार यूँ बिखर जाए।

"चलो पार्थ," नानी ने प्यार से कहा, "हम आर्यन को लेने चलेंगे। जूते पहन लो।"

"ओके नानी," पार्थ ने आज्ञाकारी बच्चे की तरह जूते पहने।

कमरा फिर शांत हो गया।

और नेहा—बिस्तर पर बैठी अपने ही फैसलों,अपनों की चुप्पियों

और आने वाले कल के अनजाने डर के बीच खुद को समेटने की कोशिश कर रही थी।

रात के नौ बज चुके थे।

पार्थ और आर्यन ड्रॉइंग रूम में खेल रहे थे। बच्चों की हँसी कभी-कभी घर की भारी चुप्पी को हल्का कर देती थी।

"नेहा दीदी, कैसी हैं आप?" ऑफिस से लौटते ही अवंती ने बैग रखते हुए पूछा।

"अवंती... आ गई तुम?" नेहा उठकर बैठ गई, बाल समेटते हुए बोली,

"कैसी हो?"

"दीदी, आप चिंता मत करो," अवंती ने उसके कंधे पर हाथ रखकर कहा, "सब ठीक हो जाएगा। पापा अमन जीजाजी से बात करेंगे।"

नेहा के चेहरे पर हल्की-सी थकी मुस्कान आ गई।

"अवंती, बात क्या ही करेंगे पापा?" उसकी आवाज़ में हार थी,

"अब तो बस सब फाइनल ही करना है। खैर... तुम अभी आई हो, फ्रेश हो जाओ। आज पार्थ को थोड़ा देख लेना, प्लीज़।"

"दीदी, चलिए कुछ खा लीजिए।" अवंती ने उसका हाथ थाम लिया।

"सच कहूँ तो मुझे बिल्कुल भूख नहीं है," नेहा ने उदासी से कहा,

"बस अब सो जाती हूँ। तुम लोग खा लो।" "पापा आपको पूछ रहे थे," अवंती ने संकोच से कहा, "उनसे मिल लीजिए।"

"अभी नहीं," नेहा ने तुरंत कहा, "कल सुबह बात करूँगी। आज तुम किसी तरह उन्हें समझा देना।"

"ठीक है दीदी," अवंती ने समझदारी से कहा,

"मैं यहाँ दूध का ग्लास रख देती हूँ। मन करे तो पी लेना। पापा से कह दूँगी कि आप बहुत थक गई थीं, इसलिए सो गईं।"

नेहा ने कुछ नहीं कहा—बस सिर हिला दिया।

नेहा आँखें बंद कर बिस्तर पर लेट गई।

पापा की नाराज़गी और माँ की चिंता—सब वह समझ रही थी।

लेकिन अभी...उसे खुद के साथ थोड़ा वक़्त चाहिए था।

यादों का सिलसिला अपने आप चल पड़ा।

ऑफिस का पहला दिन।

नया शहर, नई नौकरी—और कितनी सहजता से वह सबके साथ घुल-मिल गई थी।

और तभी अमन की छवि उभरी। मुंबई से आया था वह।

उसका स्टाइल सबसे अलग था—कपड़े, जूते, घड़ी, बैग... सब कुछ जैसे सोच-समझकर चुना हुआ।

बात करने का अंदाज़ भी उतना ही अलग।

"यू... नेहा... अ... नेहा शर्मा... राइट?"

अमन ने अपने हाथ को गाल पर टिकाते हुए पूछा था।

"हाँ... क्यों?" नेहा ने बाल ठीक करते हुए हैरानी से पूछा।

"नहीं, कुछ नहीं... बस ऐसे ही।" वह मुस्कुराया और आगे बढ़ गया।

"इसे क्या हुआ?" नेहा ने भैरवी से कहा था, "अजीब ही है।"

नई नौकरी, नया शहर, नए लोग— सबके लिए थोड़ा मुश्किल होता है।

लेकिन वहीं खुला आसमान भी होता है, जहाँ उड़ान भरी जा सकती है।

कौन अपने मज़बूत पंखों को किस रफ्तार और किस दिशा में चलाता है—उड़ान उसी पर निर्भर करती है।

अमन की वह मुस्कान नेहा को तब भी थोड़ी अजीब लगी थी, लेकिन वह समझ नहीं पाई थी—क्यों।

रात को नेहा गेस्ट हाउस पहुँची और माँ को फोन लगाया।

सूटकेस से नाइट सूट निकालते हुए बोली—"माँ, सब ठीक रहा। आपकी बहुत याद आ रही है।"

"दिन भर तुझे ही याद करती रही," माँ की आवाज़ में चिंता थी, "तू ठीक है न?"

"अरे माँ—" नेहा कुछ कहती, उससे पहले ही फोन उसके पापा ने ले लिया।

"नेहू! पहले मुझसे बात कर," पापा बोले,

"मेरा बच्चा कैसा है? बॉस कैसा है? कोई प्रॉब्लम हो तो गुप्ता अंकल के घर चले जाना या उन्हें फोन कर लेना। तेरी माँ तो दिन भर परेशान रही। तू जल्दी सेट हो जा, फिर इसे भी ले जाना।"

"आप भी ना!" माँ ने झुँझलाकर कहा, "बेचारी को आराम करने दो। नेहा, खाना खाया?"

फोन के उस पार माँ–पापा की मीठी नोंकझोंक चल रही थी।

और नेहा— बिस्तर पर बैठी मुस्कुरा रही थी।

उस वक्त...

उसे कहाँ पता था कि एक दिन इन्हीं यादों के सहारे उसे खुद को संभालना पड़ेगा।

ऑफिस से आकर अमन सोफे पर ही लेट गया।

किचन में खाना रखा था—ढका हुआ, जैसे किसी इंतज़ार में।

लेकिन उसे भूख नहीं थी। या शायद भूख से ज़्यादा उसके भीतर बेचैनी थी।

नेहा के फैसले ने उसे भीतर तक हिला दिया था।

छत की ओर देखते हुए उसे याद आया—

कैसे एक दिन, यूँ ही, कंपनी की ईमेल लिस्ट से नेहा शर्मा नाम पढ़कर उसने सोशल मीडिया पर उसे ढूँढ लिया था।

बिना ज़्यादा सोचे एक फ्रेंड रिक्वेस्ट भेज दी थी।

न कोई खास वजह, बस... कुछ तो था।

अलग-अलग प्रोजेक्ट में होते हुए भी दोनों के बीच बातें शुरू हो गईं।

पहले काम की, फिर कॉफी की, और फिर...ज़िंदगी की।

अमन की आँखों के सामने ऑफिस का वो दिन उभर आया—

तीसरा या चौथा दिन ही रहा होगा।

नेहा अपने डेस्क पर परेशान खड़ी थी।

लैपटॉप खुला था, चार्जर लगा हुआ—लेकिन स्क्रीन पर बैटरी का लाल निशान चमक रहा था।

"क्या हुआ, नेहा?" अमन ने उसके डेस्क पर हल्के से हाथ रखते हुए पूछा।

"ये देखो ना," नेहा ने झुँझलाकर कहा, "चार्ज ही नहीं हो रहा। मुझे प्रेज़ेंटेशन बनाना था और लैपटॉप ही जवाब दे गया।"

वह चार्जर को सॉकेट में ठीक से फिक्स करने लगी, जैसे उससे नाराज़ हो।

"लाओ, मुझे दो," अमन ने कहा, "मैं देखता हूँ।"

कुछ सेकंड देखने के बाद बोला—"शायद पिन खराब हो गया है।"

फिर अचानक जैसे याद आया—"अरे! मेरा भी सेम लैपटॉप है। मैं अपना चार्जर ले आता हूँ।"

इतना कहकर वह बिना रुके अपनी डेस्क की तरफ भाग गया।

नेहा ने उसे जाते हुए देखा था—और अनजाने में मुस्कुरा दी थी।

आज...उसी पल को याद कर अमन के होंठों पर भी हल्की-सी मुस्कान आ गई।

वो अमन और नेहा—जो तब सिर्फ 24–25 साल के थे।

करियर को लेकर फोकस्ड, सपनों से भरे हुए, और ज़िंदगी को पूरे जोश के साथ जीना चाहते थे।

तब फैसले आसान लगते थे।

तब साथ छूटने का डर नहीं था।

तब किसी का यूँ अचानक चले जाना इतना भारी नहीं लगता था।

सोफे पर लेटे-लेटे अमन ने आँखें बंद कर लीं।

आज सब कुछ था—

घर, नौकरी, ज़िम्मेदारियाँ...बस वही नेहा उस जगह पर नहीं थी जहाँ कभी उसकी हँसी गूँजा करती थी।

और यही खालीपन सबसे ज़्यादा चुभ रहा था।

पार्थ अपनी नानी के पास सो गया था।लेकिन नेहा की आँखों में नींद नहीं थी।

वहाँ तो अतीत उतर आया था—सुखद स्मृतियों के रूप में।

हर याद में ताज़गी थी,हर पल में एक भीनी-सी खुशबू।

एक ऐसी खुशबू जिसे वह जी भरकर महसूस करना चाहती थी,

जिसमें वह कुछ देर और सराबोर रहना चाहती थी।

नेहा ने कलाई से घड़ी उतारी और सामने रखी टेबल पर रख दी—

वहीं,जहाँ उसकी और अमन की एक तस्वीर रखी थी।

घड़ी के टिक-टिक की आवाज़ में समय जैसे उल्टा चल पड़ा।

उसे वो दिन याद आया जब ऑफिस में आए उन्हें करीब दो–तीन महीने हो चुके थे।

अब सब अजनबी नहीं रहे थे।

साथ काम करते-करते सब अच्छे दोस्त बन चुके थे।

नेहा ने एक कॉलिग के साथ किराए पर फ्लैट ले लिया था।

और अमन भी ऑफिस के पास अपने कुछ दोस्तों के साथ रहने लगा था।

अखिलेश सर का प्रोजेक्ट अब पूरी रफ्तार पकड़ चुका था।

काम बढ़ गया था—डेडलाइन्स, मीटिंग्स, प्रेज़ेंटेशन।दिन कब रात में बदल जाता,

पता ही नहीं चलता।

सब बेहद व्यस्त रहने लगे थे।

फिर भी...वीकेंड पर कोशिश करके मिल ही जाया करते थे।

उन्हीं वीकेंड्स में सेएक शनिवार की शाम—सचिन के जन्मदिन की पार्टी

एक होटल में चल रही थी।

म्यूज़िक था,हँसी थी, और ज़िंदगी हल्की-सी लग रही थी।

सब लोग ग्रुप फोटो के लिए एक साथ खड़े हुए थे।कैमरा सेट हो रहा था,

कोई पीछे से आवाज़ लगा रहा था—"सब स्माइल..."

उसी पल अमन ने नेहा के कंधे पर अपना हाथ रख दिया।

बस...इतना-सा ही तो था।लेकिन नेहा को ऐसा लगा जैसे उसके भीतर एक बिजली-सी दौड़ गई हो।

दिल ने एक पल के लिए अपनी रफ्तार बदल ली।

वो हाथ—साधारण था,पर एहसास असाधारण।नेहा ने कुछ कहा नहीं।

पीछे मुड़कर देखा भी नहीं।बस कैमरे की तरफ मुस्कुरा दी।

लेकिन उस मुस्कान के पीछे ..

कुछ और जन्म ले चुका था—एक एहसास जिसे उस रात कोई नाम नहीं दिया गया।नेहा ने आँखें बंद कर लीं।

वर्तमान की सच्चाई कहीं दूर थी।

इस वक्त तो वह उसी शाम में थी— जहाँ एक हाथ का स्पर्श पूरी ज़िंदगी का रुख बदल सकता था।

मैं इस हिस्से को दोस्ती से आगे बढ़ते उस बेहद नाज़ुक, अनकहे मोड़ के रूप में संवार रही हूँ—जहाँ कुछ कहा नहीं जाता, पर बहुत कुछ शुरू हो जाता है।

"नेहा, यार स्माइल कर।" भैरवी ने हँसते हुए कहा।

नेहा ने हल्की-सी मुस्कान ओढ़ ली।

"अखिलेश को याद मत कर, एंजॉय करो..." अमन ने सचिन के हाथ पर ताली मारते हुए हँसकर कहा।

नेहा को ये बात चुभ गई।

"अमन, माइंड यॉर वड्र्स।" उसकी आवाज़ में सख़्ती थी। "मुझे ये पसंद नहीं। वो हमारे सीनियर हैं।"

एक पल को माहौल थम-सा गया।

"चिल यार..." अमन ने पिज़्ज़ा का एक बड़ा बाइट लेते हुए कहा, "मैं तो मज़ाक कर रहा था।"

नेहा ने कुछ नहीं कहा, बस नज़र फेर ली।

थोड़ी देर बाद म्यूज़िक तेज़ हुआ और सारे दोस्त डांस फ्लोर की तरफ़ बढ़ गए।नेहा पीछे ही खड़ी रह गई।

तभी अमन उसके पास आया।

"नेहा..." उसने अपने दोनों कान पकड़ लिए।

"आई एम सॉरी।" उसका ये बचकाना-सा अंदाज़ इतना अचानक था कि नेहा खुद को रोक नहीं पाई।

वो मुस्कुरा उठी। उस पल अमन उसे बहुत क्यूट लग रहा था।

"इट्स ओके..." नेहा ने हँसते हुए कहा, "नाटक मत करो।" इतना कहते हुए उसने हल्के से अमन का गाल खींच लिया।

अमन ने आँखों में चमक लिए कहा— "चलो, तो इसी बात पर एक फोटो ले लेते हैं..." नेहा ने मना नहीं किया।

कैमरा ऑन हुआ। दोनों साथ खड़े हुए।

कंधे छू रहे थे—जानबूझकर नहीं, पर हटाए भी नहीं गए।

कैमरे की क्लिक के साथ सिर्फ़ तस्वीर नहीं कैद हुई थी—

उस पल में दो दिलों के बीच एक नया रिश्ता धीरे-धीरे आकार ले रहा था।

उस दिन के बाद दोस्ती वही रही...लेकिन अब उसमें कुछ और भी शामिल हो चुका था—

रात गहरी होती जा रही थी। सब कुछ स्याह सा था—ख़ामोशी, अँधेरा, और अकेलापन।

लेकिन नींद ने अमन की आँखों में आने से इंकार कर दिया था।

आज वह ऑफिस के कपड़ों में ही अपने कमरे के सोफ़े पर लेटा रहा।

आसमान में झिलमिलाते तारे, और चांद की शीतल चांदनी—

आज अमन की आँखों को कुछ भी भा नहीं रही थी।

बिस्तर पर बिछी चादर पर पड़ी सिलवटें नेहा और पार्थ की यादें दिला रही थीं।वह मोबाइल की पुरानी तस्वीरों में खो जाना चाहता था।

दोस्ती के बाद उभरता हुआ प्यार कितना मीठा सा था।

तीन शब्द—“आई लव यू”—बोलने के लिए भी कितना कुछ करना पड़ा था।

याद आया...

वो दिन जब ऑफिस के सभी दोस्त कुर्ग गए थे।क्लब महिंद्रा में रुकने की सारी व्यवस्था सचिन ने संभाल रखी थी।

“वाह, बहुत ही बढ़िया होटल है!” नेहा ने होटल देखते ही खुशी से कहा।

“नेहा, चलो हम अपना रूम देखते हैं।”भैरवी ने उसका हाथ पकड़ लिया।

कुर्ग की धुंध भरी पहाड़ियाँ, चाय के बागान, झरने—सब कुछ देखते ही बन रहा था।

“भाई, इसे भारत का स्कॉटलैंड कहते हैं।” सचिन ने अमन से कहा।

“वैसे जगह तो बहुत बढ़िया है। सुना है यहाँ का खाना अल्टीमेट है।”

अमन ने सचिन के गले में हाथ डालते हुए कहा।

चारों दोस्तों ने कुर्ग की देखने लायक जगहें देखी,फिर आख़िरी स्पॉट—राजा सीट पहुँचे।

“राजा, यहाँ से सब देखते होंगे न...” नेहा हँसते हुए बोली।

“रानी भी तो होगी...”अमन ने धीरे से नेहा के पास जाकर कहा।

सचिन ने कैमरा पकड़ा और बोला, “राजा–रानी, ठीक से पोस दो।”

नेहा का चेहरा सुध-बुध खोकर गुलाबी हो गया।

अमन ने उसे देखते ही मुस्कुराया—वो मुस्कान जो सिर्फ़ नेहा के लिए थी।

और उसी मुस्कान में वो पल की हल्की-सी नर्मी

और दोस्ती से धीरे-धीरे प्यार में बदलता एहसास दोनों के बीच महसूस हो रहा था।

रात के समय डाइनिंग हॉल हल्की-सी रोशनी, धीमी म्यूज़िक, और बाहर से आती ठंडी हवा—

सब कुछ एक जादुई माहौल बना रहा था।

हॉल में एक गायक खड़ा था, सुरों में भाव, आवाज़ में नर्मी— सब लोग गाने में खो गए थे,

जैसे हर सुर में गांव की मिट्टी और ठंडी हवाओं की खुशबू घुल गई हो।

सचिन ने अमन के कान में धीरे से फुसफुसाया, "अमन, मौका भी है, दस्तूर भी है... बोल दे।"

नेहा आज गुलाबी जैकेट और नीली जीन्स में थी।बाल बंधे हुए, होठों पर हल्की गुलाबी लिपस्टिक,

और गाल पहले से ही गुलाबी हो चुके थे।

अमन ने एक पल नेहा को देखा।

उसकी हर मुस्कान, हर नज़र, अब सिर्फ़ दोस्ती नहीं लग रही थी।

बिना कुछ सोचे, वह गायक के पास गया।

माइक मांगकर उसने हिम्मत जुटाई, और धीमी, घबराई हुई आवाज़ में गाया—

"मोहब्बत का इज़हार करूँ या न करूँ

दोस्त है वो खास, दिल के है बहुत पास

डरता हूँ इजहार-ए-मोहब्बत से कहीं मेरी दोस्ती रुसवा न हो जाए..."

सुनकर मेरे इन अलफाजों को वो मुस्कुराकर अपनी जुल्फों को

जो एक बार लहरा दे तो बस बन्दा समझ जाएगा कि कबूल है उनको हमारा प्यार भी दोस्ती की तरह।।

अमन की नजरें सिर्फ़ नेहा पर ठहरी थीं।

उसके हर हाव-भाव को वह पढ़ रहा था, हर मुस्कान में खो रहा था।

नेहा ने अपनी जुल्फों से हल्का सा क्लिक निकाला

और बाल खोल दिए।

बस... एक पल के लिए, सब कुछ ठहर गया।

बिना कुछ कहे, नेहा और अमन ने एक-दूसरे की आँखों में देखा—

और वही तीन शब्द जो बोलने के लिए दोनों ने अब तक हिम्मत जुटाई थी—

"आई लव यू"

हवा में, रोशनी में,हर सुर में उनका इज़हार सुनाई दे रहा था।

दुनिया भर की आवाज़ें फीकी पड़ गईं, बस दो दिल एक पल के लिए

सिर्फ़ एक-दूसरे के लिए धड़क रहे थे।

और उसी रात,दोस्ती से शुरू हुआ रिश्ता प्यार की सबसे पहली मुस्कान में बदल गया।

हर रात की एक सुबह होती है।

चांद सारी रात बादलों के बीच छुपकर जब धीरे-धीरे लौटता है,

सूरज अपनी पहली किरणें बिखेरने को तैयार हो जाता है।

बीती रात की परछाइयाँ चाहे अगले दिन पर पड़ती हों,

लेकिन नया सवेरा ज़िंदगी में हमेशा कुछ नया लेकर आता है।

ऐसा ही कुछ अमन और नेहा के साथ हुआ।

दोनों अलग–अलग कमरे में थे, लेकिन उनकी आँखों में प्यार की सारी यादें फिर से ताज़ा हो उठीं।

और जैसे ही सुबह की हल्की लालिमा कमरे में घुली, वर्तमान ने उन्हें अपने घेरे में ले लिया।

"अवंती, आप ऑफिस के लिए तैयार हो जाओ। मैं रसोई का काम देख लूंगी।"

नेहा ने भाभी के हाथ से परात लेते हुए कहा।

"दीदी, आपको भी ऑफिस का काम होगा न... आप रहने दो, मैं आटा लगाकर पराठे सेक देती हूँ।"

अवंती ने डिब्बे से आटा निकाला।

"आज छुट्टी ली है मैंने, तुम जाओ..." नेहा ने मुस्कुराते हुए कहा।

अवंती ने नेहा का हाथ अपने हाथ में लिया। "दीदी, क्या हुआ है अमन जी के साथ???"

नेहा ने अधरों पर हल्की उदासी रखते हुए जवाब दिया—

"अवंती, क्या बताऊँ... रोज की बहस, रोज-रोज की लड़ाई... पार्थ पर भी बुरा असर पड़ता है।

इसलिए अब फाइनल डिसीजन लेना ही होगा।"

अवंती कुछ नहीं बोली।

नेहा ने पार्थ को दरवाजे पर देखते हुए सिर हिलाया।

"अच्छा, तुम जाओ, शाम को बात करेंगे।"

अमन पूरी रात सोया ही नहीं था। सुबह की लालिमा ने उसके चेहरे पर दस्तक दी,

लेकिन वह बिस्तर पर ही पड़ा रहा।

वैसे तो नेहा रोज़ उसे उठाती, डांटती, और कहती—

"मैं तो परेशान हो गई हूँ, पार्थ के साथ-साथ तुम्हें भी देखना पड़ता है।"

"अरे यार, जिंदगी को थोड़ा एंजॉय करना भी जरूरी है!

और तुम सुबह-सुबह ही हेडमास्टर बन जाती हो,

पूरा दिन खराब हो जाता है।"

अमन का गुस्सा निकल आता।

बस फिर...

दोनों एक-दूसरे से नाराज होकर कुछ समय के लिए चुप हो जाते।

आज अमन को जगाने के लिए नेहा वहाँ नहीं थी, लेकिन वह सोना भी नहीं चाहता था।

कुर्ग की ट्रिप और वहाँ प्यार के इकरार के बाद अमन और नेहा की करीबी बढ़ चुकी थी।

दोनों अब एक साथ काफी समय बिताने लगे थे।

दीपावली की छुट्टियाँ भी नज़दीक थीं, तीन दिन की छुट्टी में दोनों अपने-अपने घर जाने वाले थे।

कॉफी के कप लिए अमन ने धीरे से पूछा—

"वैसे, मुंबई से पुणे दूर नहीं है... मैं आ जाऊँ पुणे?"

नेहा घबराई और तुरंत मना करने लगी— "नहीं, नहीं, पागल हो क्या?

पहले घर पर बताने दो...ऐसे घर आ गए तो पापा मुझे बहुत डांट लगाएंगे।"

अमन ने गंभीरता से उसकी आँखों में देखा, और सीधे-साधे शब्दों में कह दिया—

"नेहा, मैं हमारी शादी की सोच रहा हूँ, और तुम..."

नेहा का दिल अचानक तेज़ी से धड़कने लगा।

वो शब्द...इतने सीधे, इतने स्पष्ट—और इतने समय से छुपे हुए भावों का आईना।

उस सुबह, नए सवेरे की पहली किरणों में दोनों की दुनिया कुछ अलग सी थी—

जहाँ डर और उम्मीद, सपने और हकीकत एक साथ चल रहे थे।

सुनिए, नेहा से बात करनी पड़ेगी। ऐसे छोटी-छोटी बातों से शादी थोड़ी-थोड़ी टूटती है।

आप अमन और नेहा को समझाइए। दोनों हमारे बच्चे हैं। पार्थ का क्या होगा??

ऐसे कमरे में बैठकर कुछ ठीक नहीं होगा।"

नेहा की मां ने ललित जी को उनकी दवा देते हुए गंभीर स्वर में कहा।

"सही कह रही हो। देखता हूँ, समय देखकर बात करता हूँ।" ललित जी ने सिर हिलाया।

करीब 11 बजे, ललित जी ने पार्थ से कहा— "बेटा, मम्मी को बोलो, नानू बुला रहे हैं।"

पार्थ ने जैसे ही बात बताई, नेहा तुरंत पापा के पास खड़ी हो गई।

"अपने पापा के गले नहीं लगेगी? गुस्सा तो नाक पर है, बिल्कुल अपने बाप की तरह!"

"पापा..." दोनों की आँखों में आंसू आ गए।

एक-दूसरे के गले लगते ही सारे गिले-शिकवे, सारी नाराजगी कुछ ही पलों में दूर हो गई।

रचना जी पीछे खड़ी, अपनी आंखों से आंसू पोछ रही थीं।

पार्थ और आर्यन बाहर खेल में व्यस्त हो गए।

"नेहा, बैठ आकर मेरे पास।" पापा ने प्यार से कहा।

"याद है, कैसे उस दिन अमन आया था और फिर मैंने तुम दोनों की परेड ली थी..."

पापा ने हँसते हुए पुरानी यादें ताज़ा कीं।

"नेहा, हैप्पी दिवाली!" फोन में अमन की आवाज़ गर्मजोशी से भरी थी।

"थैंक यू, विश यू वेरी हैप्पी दिवाली... अमन।" नेहा ने मुस्कुराते हुए जवाब दिया।

"भाई, ऐसे कौन बधाई देता है! मैं तो गले मिलकर बधाई दूँगा।"

अमन ने मस्ती भरे स्वर में कहा।

"अमन, पागल मत बनो। प्लीज़, तुम पुणे मत आ जाना। घर पर दिवाली की तैयारी चल रही है।

तुम मुंबई में एंजॉय करो न।" नेहा डरते-डरते बोली।

"सुबह तुम्हे विश कर दूँ, अपने सास-ससुर और साले जी से मिल लूँ,

फिर शाम को मुंबई में दीपावली मनाऊँगा।

क्या कहती हो?" अमन की आवाज़ में शरारत थी।

"प्लीज़, नहीं अमन..." नेहा आगे कुछ कहती, लेकिन अमन ने फोन काट दिया।

अगले ही पल, अमन खिड़की के पीछे से बोला— "हैप्पी दिवाली जी..."

"नेहा, बेटा, रंगोली बना ले जल्दी।" मां ने हंसते हुए आवाज लगाई।

"तुम यार पागल हो क्या??" नेहा ने अमन से बोला।

"नेहा, चल..." मां ने फिर पुकारा।

नेहा बाहर के कमरे में चली गई।

तभी घंटी बजी।

"मैं देखता हूँ।" पापा ने उसे रोकते हुए कहा।

"नमस्ते अंकल, हैप्पी दिवाली।" अमन ने झुककर ललित जी के पैर छुए।

ललित जी एक पल ठिठक गए। भौंहें सिकुड़ गईं। "हैप्पी दिवाली बेटा... लेकिन मैंने पहचाना नहीं।"

"अरे वाह आंटी, आप तो इस साड़ी में बहुत सुंदर लग रही हैं।"

अमन बिना झिझक भीतर आ गया और रचना जी के पैर छुए।

रचना जी चौंक गईं।"बेटा... तुम...?"

इतने में नेहा कमरे से निकली।

"हेलो नेहा, हैप्पी दिवाली।" अमन ने मुस्कुराते हुए उसका हाथ थाम लिया।

"मम्मी-पापा को मेरा परिचय तो दो।"

नेहा का चेहरा एकदम लाल हो गया। कुछ सेकंड की खामोशी के बाद वह संभलकर बोली,

"मम्मी, ये अमन है। मेरे ऑफिस में साथ काम करता है। मुंबई में रहता है। पुणे में शायद किसी रिश्तेदार के घर आया है, तो यहाँ आ गया।"

कहते हुए उसने अमन को आँखें दिखाईं।

"अच्छा... अच्छा..." रचना जी ने माहौल हल्का करने की कोशिश की।

"बैठो बेटा, मैं नाश्ता ले आती हूँ।" अमन सोफे पर बैठ गया, लेकिन ललित जी की निगाहें उससे हट ही नहीं रही थीं।

वे अमन के आने का कारण जानना चाहते थे, और उसका यूं अचानक आना उन्हें कतई अच्छा नहीं लगा।

"रिश्तेदार कहाँ रहते हैं?" ललित जी ने सपाट स्वर में पूछा।

"क... कौन?" अमन एकदम घबरा गया।

"अरे पापा!" नेहा ने तुरंत बात संभाली। "विमान नगर में रहते हैं।"

रचना जी नाश्ते की ट्रे लेकर आईं।

"ये लो बेटा, सब घर का बनाया है।" अमन ने गुजिया उठाई, खाते ही मुस्कुराकर बोला,

"बहुत स्वादिष्ट है आंटी। नेहा, तुम्हें तो सब बनाना आता है ना? मुझे तो घर का खाना और लजीज पकवान पसंद है।"

नेहा ने सिर झुका लिया। और ललित जी की आँखों में दीपावली की रोशनी के बीच एक गहरी चिंता उतर आई।

ललित जी का सब्र अब जवाब दे चुका था।

वे अचानक खड़े हुए और कठोर स्वर में बोले, “नेहा, अंदर आओ। अभी।”

नेहा सहमते हुए अंदर आई। ड्रॉइंग रूम की हवा एकदम भारी हो गई।

“कौन है ये लड़का?” ललित जी की आवाज़ में गुस्सा साफ़ था।

“और ये सब क्या चल रहा है?”

“पापा... दोस्त है।” नेहा की आवाज़ लड़खड़ा गई।

“दोस्त... या कुछ और?” ललित जी की आँखें सीधे नेहा के चेहरे में धँसी हुई थीं।

इतने में अमन बिना बुलाए अंदर आ गया। “हम शादी करना चाहते हैं, अंकल।”

“ऐ लड़के, तुम चुप रहो!” ललित जी दहाड़ पड़े।

“नेहा! क्या इसी लिए तुम्हें बाहर भेजा था? ऑफिस के नाम पर ये सब?”

नेहा की आँखें भर आईं। वह कुछ कह नहीं पाई।

रचना जी तेज़ी से आगे आईं। “बेटा, अभी तुम अपने घर जाओ। बाद में बात करेंगे।”

“अमन, प्लीज़ तुम जाओ।”

नेहा ने घबराकर अमन को हल्का सा धक्का दिया, जैसे उसे बचाना चाहती हो।

लेकिन अमन वहीं रुक गया। उसकी आवाज़ काँप रही थी, पर इरादा मज़बूत था।

“अंकल जी, मैं और नेहा एक-दूसरे से बहुत प्यार करते हैं। हम शादी करना चाहते हैं।”

वह एक पल रुका, फिर बोला—

“मैंने अपने मम्मी-पापा को नेहा के बारे में सब बता दिया है। वो आप लोगों से मिलना चाहते हैं। प्लीज़ गुस्सा मत करिए।”

कमरे में एक अजीब सी खामोशी छा गई।

दीपावली के दीयों की रौशनी दीवारों पर नाच रही थी, लेकिन ललित जी के चेहरे पर अँधेरा और गहरा हो गया।

नेहा सिर झुकाए खड़ी थी— प्यार और पिता के गुस्से के बीच फँसी हुई।

दूसरी तरफ, रात भर जागने के बाद अब अमन की आँखें बोझिल हो चली थीं।

थकान हड्डियों तक उतर आई थी। उसने सोचा, एक कप चाय पी लूं।

रसोई में जाकर देखा तो दूध फट चुका था। फ्रिज में रखा ही नहीं था।

वह एक पल ठिठक गया।

नेहा रात में ही सब काम निपटा दिया करती थी—इसलिए उसे कभी एहसास ही नहीं हुआ कि घर कैसे अपने आप सँभल जाता है।

अमन चुपचाप अपने कमरे में लौट आया।

बिस्तर पर बैठकर वह बीते दिनों के बारे में सोचने लगा—

कैसे उसने नेहा के पापा को मनाया था,

कैसे मुंबई से अपने मम्मी-पापा को लेकर पुणे गया था,

और कितनी मुश्किलों के बाद दोनों परिवार शादी के लिए राज़ी हुए थे।

उसे नेहा से हुई एक बात याद आई।

“नेहा, मैं सोचता हूँ शादी सिंपल हो। ज़्यादा ताम-झाम न करें।”

अमन ने धीरे से कहा था।

नेहा मुस्कुरा दी थी। “मुझे भी ऐसा ही लगता है। हम सादगी से शादी करेंगे।”

लेकिन उस दिन ललित जी ने साफ़ इनकार कर दिया था।

“अरे! ऐसे कैसे? सारे रिश्तेदार आएँगे। शादी धूमधाम से होगी।”

वक़्त बीत गया...और शादी हो गई।

ना कोई बड़ा पंडाल,ना शोर-शराबा, ना दिखावा।बस दो मन, दो परिवार और सीमित से लोग।शादी ठीक वैसी ही हुई,जैसी नेहा और अमन चाहते थे।

लेकिन ललित जी... आज भी नाराज़ थे।

“और मैडम, कैसा लग रहा है?”

शादी की सारी रस्में खत्म होते ही अमन ने नेहा के पास आकर धीमे से पूछा।

नेहा ने नजरें झुका लीं। चेहरे पर नई दुल्हन की लाज और आँखों में अनकहा सुकून था।

वह कुछ बोली नहीं—बस हल्की-सी मुस्कान उसके उत्तर की तरह थी।

भैरवी, सचिन और अखिलेश सर भी शादी में आए थे।

अपनों की मौजूदगी ने सादगी भरी उस शादी को और भी खास बना दिया था।

वक्त मानो पंख लगाकर उड़ गया।

देखते-देखते उनके सुखमय वैवाहिक जीवन की पहली वर्षगांठ भी आ पहुँची।

दोनों के मम्मी-पापा बैंगलुरु आ गए।

घर हँसी, बातचीत और यादों से भर गया।

उस खास दिन को सभी ने बहुत ही सादे लेकिन दिल से मनाया।

नेहा को घर साफ-सुथरा रखना, समय पर हर काम निपटाना अच्छा लगता था।

घर उसके हाथों से जैसे अपने आप सँवर जाता।

अमन थोड़ा आरामपसंद था।

ऑफिस के बाद घर आकर काम करना उसे खास पसंद नहीं था।

लेकिन नेहा के कहने पर वह उसकी मदद करने की कोशिश ज़रूर करता

कभी झाड़ू थामकर, तो कभी सब्ज़ी काटते हुए।

कई बार नेहा उसे देखकर मुस्कुरा देती—

शायद यही तो शादी है,

जहाँ आदतें टकराती हैं,

लेकिन इरादे साथ चलते हैं।

नौकरी में प्रमोशन मिला तो जैसे ज़िंदगी को एक नई रफ्तार मिल गई।

दोनों का एक ही सपना था—अपना खुद का घर।

काग़ज़ात, मीटिंग्स और ढेर सारी प्लानिंग के बाद उन्होंने मिलकर एक घर खरीदा।

ऑफिस से लोन लिया, और अमन के पापा ने भी मदद की।

अब वे दोनों अपने खुद के घर में रहने लगे थे।

एक शाम नेहा अपने फोन पर कैलेंडर देखते हुए बोली,

"अमन, इस बार लॉन्ग वीकेंड है। कुछ प्लान करते हैं।"

"चलो, गोवा चलते हैं?" अमन हर बार की तरह बेहद उत्साहित हो उठा।

"तुम होटल बुकिंग करो, मैं फ्लाइट देखती हूँ।" नेहा ने फटाफट लैपटॉप खोल लिया।

अमन हँस पड़ा।

"यार, तुम प्लानिंग बहुत बढ़िया करती हो। तुम ही कर लो।"

वह गाड़ी की चाबी जेब में डालते हुए बोला,

"मैं ज़रा सचिन से मिलकर आता हूँ। आते वक्त चाइनीज़ ले आऊँ?"

"नहीं यार," नेहा ने बाल बाँधते हुए कहा, "मैं खिचड़ी बना लेती हूँ। गोवा में तो बाहर का ही खाना होगा।"

"बड़ी कंजूस होती जा रही हो..." अमन ने शरारत से उसके बँधे बाल खोल दिए।

दो घंटे बाद अमन लौटा।

"फ्लाइट और होटल बुक हो गए?" उसी वक्त कुकर की तेज़ सीटी बज उठी।

"हाँ, सब हो गया।" नेहा अलमारी से कपड़े निकालते हुए बोली, "मुझे जैसा सही लगा, वैसा कर लिया।"

अमन ने पलंग पर फैले कपड़ों को एक तरफ करते हुए कहा, "अब ये सब क्या नया काम निकाल लिया?"

नेहा रुक गई।

फिर थोड़ा गुस्से में बोली, "अमन, घर है तो काम तो रहेगा ही। तुम तो बस छुट्टियों में घूमो-फिरो... और बस।"

कमरे में एक पल की खामोशी छा गई।

दोनों जानते थे— यह कोई बड़ी लड़ाई नहीं थी, बस ज़िम्मेदारियों और उम्मीदों की पहली टकराहट थी।

नेहा के बिना अमन का मन घर में बिल्कुल नहीं लग रहा था।

कमरा सूना-सूना सा लग रहा था। उसने मोबाइल उठाया और यूँ ही समय बिताने लगा।

गैलरी खोलते ही उँगलियाँ रुक गईं।

स्क्रीन पर एक-एक कर पुरानी तस्वीरें उभरने लगीं— गोवा की,समंदर की,और उन दोनों की।

यादों का सैलाब आँखों के सामने फैल गया।

वे दोनों गोवा पहुँच चुके थे।

"बहुत दिनों बाद ऐसा फ्री टाइम मिला है, नेहा। सच में बहुत अच्छा लग रहा है।"

अमन ने समंदर के किनारे गीली रेत पर चलते हुए उसका हाथ थाम लिया था।

"अमन, हम सच में कितने लकी हैं।" नेहा ने उसका कंधा छूते हुए सिर टिका दिया।

"हमारे पैरेंट्स ने हमें इतना सपोर्ट किया।"

"नेहा, मैं तुम्हारे साथ पूरी दुनिया देखना चाहता हूँ।" अमन ने उसका हाथ और कसकर पकड़ा।

"नेक्स्ट टाइम सीधे स्विट्ज़रलैंड चलेंगे।" कहते-कहते वह उसे खींचकर लहरों की तरफ भाग पड़ा था।

नेहा की हँसी समंदर की आवाज़ में घुल गई थी।

तीन दिन...न घर,न ऑफिस,न ज़िम्मेदारियाँ।

बस एक-दूसरे के साथ हर पल—पूरा सुकून।

"अमन, चलो जल्दी। हमारी फ्लाइट है। अपने कपड़े फोल्ड करो।"

नेहा सूटकेस पैक करते हुए बोली।

"यार, सब धोने ही तो हैं।" अमन ने बेफिक्री से कहा।

"ऐसे ही रख दो, क्यों परेशान हो रही हो?" नेहा ने बिना कुछ कहे, गुस्से में कपड़े जैसे-तैसे फोल्ड किए।

दोनों ने होटल से चेकआउट किया।

एयरपोर्ट पहुँचते-पहुँचते चुप्पी टूट गई।

"नेहा, मुझे यही अच्छा नहीं लगता।" अमन खीझकर बोला।

"बात-बात पर चिढ़ जाती हो। इतनी अच्छी ट्रिप का सत्यानाश कर दिया।"

नेहा ने उसे तेज़ नज़रों से देखा। "अमन, यहाँ नहीं... प्लीज़। घर में बात करेंगे।"

दोनों अनमने से घर लौटे। और फिर शुरू हो गई—

ऑफिस की चाकरी।सुबह से शाम काम,थकान,और खामोशी।

दिन हफ्तों में बदलते चले गए।

अमन उन्हीं पुराने दिनों में खोया हुआ था कि अचानक एक दोस्त का फोन आ गया।

वह फोन उठाकर बाहर चला गया—और घर फिर से खामोश हो गया।

पुणे में उस शाम घर कुछ ज़्यादा ही शांत था।

ललित जी ने नेहा को अपने सामने बैठाया और बहुत प्यार से बोले,

"नेहा, ऐसा क्या हो गया बेटा कि तुम सब छोड़कर यहाँ आ गई?"

नेहा की आँखें भर आईं।

"पापा... मुझे समझ नहीं आ रहा मैं क्या करूँ।"

उसकी आवाज़ काँप रही थी।

"अमन और मैं... बस लड़ ही रहे हैं आजकल।

मुझे कुछ भी ठीक नहीं लग रहा।

मैं वहाँ नहीं रहना चाहती थी... इसलिए यहाँ आ गई।"

इतना कहकर वह रोती हुई अपने कमरे में चली गई।

दरवाज़ा बंद करते ही वह बिस्तर पर गिर पड़ी।

और फिर...उसे वह दिन याद आ गया जब उनका जीवन पूरी तरह बदल गया था।

"नेहा, क्या हुआ यार? ऑफिस नहीं जाना?" अमन ने तैयार होते हुए पूछा था।

"अमन, तबीयत ठीक नहीं है।" नेहा ने लेटे-लेटे कहा।

"तुम जाओ। ऑफिस कैंटीन में खाना खा लेना।"

"नहीं यार।" अमन उसके पास आकर बैठ गया।

"मैं रुकता हूँ। बताओ क्या हुआ?"

"कुछ खास नहीं है..." नेहा ने मुस्कुराकर उसका गाल सहलाया।

"ठीक है, ज़्यादा लगा तो शाम को डॉक्टर के पास चलेंगे।"

अमन ने उसे गले लगाते हुए कहा और ऑफिस चला गया।

लेकिन उसका मन वहाँ लगा ही नहीं। दोपहर चार बजे वह वापस घर आ गया।

"नेहा... कहाँ हो?" हॉल में न पाकर उसने आवाज़ लगाई।

बैग और चाबी यूँ ही रख दिए थे।

"अमन...!!!" नेहा की आवाज़ आई।

वह बिल्कुल बीमार नहीं लग रही थी।

"तुम ठीक हो?" अमन ने उसके माथे पर हाथ रखते हुए पूछा।

"एक मिनट..." नेहा अंदर गई और कुछ लेकर आई।

"ये देखो..."

"ये... क्या है?" अमन कुछ समझ नहीं पा रहा था।

नेहा मुस्कुरा उठी। "अरे बुद्धू... ये दो रेड लाइन दिखाई दीं?"

"मतलब..." अमन की आवाज़ रुक गई।

"हाँ..."

नेहा खुशी से झूम उठी।

अमन ने उसे कसकर अपनी बाहों में भर लिया।

दोनों नन्हे मेहमान के आने की खुशियों में खो गए।

उस रात वे दोनों जागते रहे– भविष्य के सुनहरे सपने बुनते हुए,

नाम सोचते हुए,और ज़िंदगी को एक नए रूप में देखते हुए।

उन्हें क्या पता था कि आने वाले आठ–नौ महीने इतने आसान नहीं होंगे।

घरवाले बहुत खुश थे। समय-समय पर दोनों की मम्मियाँ आकर सब संभाल भी लेती थीं।

लेकिन फिर...वह दिन आया–

जब अचानक नेहा की तबीयत बहुत ज़्यादा बिगड़ गई और खुशियों के बीच डर ने चुपचाप दरवाज़ा खटखटा दिया।

"मम्मी, आप तुरंत बैंगलुरु आ जाइए।" अमन की आवाज़ काँप रही थी।

"नेहा की तबीयत बहुत खराब हो गई है।" फोन रखते ही वह नेहा के पास बैठ गया।

उसका हाथ थामे रहा–जैसे छोड़ दिया तो कुछ टूट जाएगा।

डॉक्टर ने रिपोर्ट्स देखते हुए शांत स्वर में कहा, “अमन, घबराने की ज़रूरत नहीं है।

सब ठीक है, बस इनका बहुत ध्यान रखना होगा। पूरा आराम ज़रूरी है।”

अमन ने नेहा की तरफ देखा।

फिर उसका हाथ अपने हाथों में लेते हुए बोला,

“नेहा, मम्मी आ गई हैं। तुम उनके साथ पुणे चली जाओ। मैं कोई रिस्क नहीं लेना चाहता।”

नेहा की आँखें भर आईं।

“अमन ठीक कह रहा है बेटा।” उसकी माँ ने समझाते हुए कहा, “पुणे में सब अच्छे से मैनेज हो जाएगा।”

नेहा इस वक्त अमन के पास रहना चाहती थी।इन नाज़ुक दिनों को उसके साथ जीना चाहती थी।

लेकिन वह जानती थी—अमन सब कुछ एक साथ संभाल नहीं सकता।

भरे मन से वह पुणे आ गई।

पुरानी बातें दिमाग में घूम ही रही थीं कि अचानक बच्चों के झगड़ने की आवाज़ आई—

“पार्थ!”

“आर्यन!”

नेहा चौंककर बाहर की तरफ़ गई।

उधर, बैंगलुरु में अमन दोस्त से बात कर पानी पीने किचन में गया।

मटके में पानी नहीं था।वह वहीं रुक गया।उसे याद आ गया—

जब नेहा डिलीवरी के लिए पुणे गई थी,तब घर मैनेज करना कितना मुश्किल हो गया था।

फिर भीसब मैनेज हो ही गया था।

नेहा के ऑफिस से उसे छुट्टी मिल गई थी,लेकिन खर्च...खर्च बढ़ते जा रहे थे।

यही सोचकरअमन ने दूसरी कंपनी में अप्लाई करना शुरू किया और किस्मत ने साथ दिया एक बड़ी कंपनी में उसे नौकरी मिल गई।

एक महीने बाद नई कंपनी जॉइन करनी थी।नेहा खुश थी।

उसे लगा—अमन अब पहले से कहीं ज़्यादा ज़िम्मेदार हो गया है।

उसे याद आया—जब पार्थ होने वाला थाऔर अमन समय पर पुणे नहीं पहुँच पाया था।ऑफिस के काम से वह हैदराबाद में फँस गया था।

उस दिन भीदोनों के बीच बहुत बोलचाल हो गई थी।

"नेहा... कैसी हो?" अमन एयरपोर्ट से सीधे अस्पताल पहुँचा और उसके पास आकर पूछा।

"तुम क्यों नहीं आए, अमन...?" नेहा फूट-फूटकर रो पड़ी।

"नेहा..." अमन ने उसके आँसू पोंछते हुए कहा,

"तुम्हें क्या लगता है मैं जानबूझकर वहाँ रुका था? मुझे हर पल तुम्हारी ही चिंता थी।"

नेहा कुछ नहीं बोली।

तभी उसकी माँ ने मुस्कुराते हुए कहा, "अमन बेटा, लो...अपने बेटे को अपनी गोद में लो।"

अमन ने काँपते हाथों से नन्हे पार्थ को थाम लिया।

उसकी आँखें भर आईं।

"मेरा बेटा...मुझ पर गया है।" वह हल्का सा हँसा।"अमन जूनियर..."

नेहा चुपचाप यह दृश्य देख रही थी।

अमन,पार्थ,और वह खुद—तीनों।

लेकिन उसकी आँखों से आँसू लगातार बहते रहे—

खुशी के,थकान के,और उन अनकहे दर्द के जो शब्दों में कभी नहीं ढल पाए।

पूरे तीन महीने बाद नेहा पुणे से वापस लौटी।

डॉक्टर ने उसे पूरा आराम करने की सख़्त हिदायत दी थी,

इसलिए इतना लंबा समय वहाँ रुकना पड़ा।

अमन की मम्मी भी नहीं आ पाईं। सीढ़ियों से गिरने के कारण उनके पैर में प्लास्टर था।

ज़िंदगी फिर से अपनी रफ्तार में लौटने लगी—या यूँ कहें,लौटने की कोशिश करने लगी।

"अमन, कुक ने खाना बना दिया है।" नेहा पार्थ को चुप कराते हुए बोली,

"प्लीज़ आज तुम खुद टिफिन भर लो, पार्थ बहुत रो रहा है।"

"नेहा, इट्स ओके।" अमन ने घड़ी देखते हुए कहा।

"मुझे देर हो रही है। वहीं खा लूँगा।" उसने नेहा के माथे पर हल्का सा किस किया,पार्थ को भी चूमा

और ऑफिस के लिए निकल गया।

दिन ऐसे ही बीतने लगे।

अमन काम में और ज़्यादा बिज़ी रहने लगा।नेहा घर से ऑफिस का काम करने की कोशिश करती,लेकिन कुछ भी ठीक से हो नहीं पाता।

कभी पार्थ की रोने की आवाज़,कभी नींद की कमी,कभी शरीर की थकान।

आख़िरकार नेहा ने एक फैसला लिया।

"अमन..."उसने बहुत संभलकर कहा, "मैं रिज़ाइन करने का सोच रही हूँ।"

अमन दोस्त से मिलकर घर लौटा।

घर खाली था—और वह खालीपन जैसे उससे कुछ कह रहा हो।

खामोशी उसे चुभ रही थी। कमरा अस्त-व्यस्त था। ऐसा पहले कभी नहीं होता था।

नेहा हमेशा ध्यान रखती थी कि सब अपनी जगह पर हो। और इसी बात पर अक्सर दोनों में अनबन भी हो जाती थी।

अमन को याद आया— जब नेहा ने रिज़ाइन की बात कही थी।

"नेहा, रिज़ाइन क्यों करना है?" अमन ने हैरानी से पूछा था।

"अमन, दोनों मैनेज नहीं हो रहा।" नेहा की आवाज़ थकी हुई थी।

"घर भी... और काम भी।"

"हम और हाउस हेल्प रख लेंगे।" अमन ने तुरंत कहा।"तुम जॉब मत छोड़ो।"

"अमन..." नेहा कुछ पल रुकी।

"पार्थ को फुल टाइम मेरी ज़रूरत है।

तुम तो—" वह अधूरा छोड़ गई।

"तुम्हारा क्या मतलब है?" अमन का स्वर सख़्त हो गया।

"मैं ऑफिस में आराम नहीं करता। काम ही करता हूँ।"

"अमन, पार्थ का सारा काम मुझे ही देखना पड़ता है।"नेहा की आँखें भर आई थीं।

"इसलिए कुछ समय के लिए काम छोड़ दूँ तो बेहतर होगा।"

"जैसा ठीक लगे।"अमन ने गुस्से में कहा

और बाहर निकल गया।

अमन को काम ज़्यादा करना पड़ता था और नेहा पार्थ में पूरी तरह व्यस्त रहती थी।

फिर भी...दोनों ने मिलकर सब संभाल लिया था।

ज़िंदगी आसान नहीं थी, लेकिन चल रही थी।

आज नेहा अपने मम्मी–पापा के घर थी।सब कुछ ठीक था,

फिर भी उसका मन अपने घर में अटका हुआ था—

उस घर में,जहाँ उसने अमन के साथ हँसते–लड़तेकितने ही अच्छे दिन बिताए थे।यादों ने धीरे से दस्तक दी।

उसे पार्थ के स्कूल का पहला दिन याद आ गया।

"तुम पार्थ के साथ ही रहना।" अमन ने नया स्कूल बैग देते हुए कहा।

उसकी आवाज़ में अनजाना डर था।

"अरे!" नेहा मुस्कुरा दी।

"मैं बाहर ही रहूँगी। मुझे थोड़ी न क्लास में बैठने देंगे।" वह पार्थ के बाल संवारते हुए बोली।

"नेहा..."

अमन ने उसे रोका।"अगर पार्थ रोए, तो प्लीज़ उसे वापस ले आना।"

उस पल एक पिता का दिल खुद को संभाल नहीं पा रहा था।

"अमन, तुम भी न...!" नेहा हँस पड़ी।

"चलो, अब हमें जाने दो।"

वह पार्थ का हाथ पकड़कर आगे बढ़ गई।अमन ने भी पीछे से आकर पार्थ का दूसरा हाथ थाम लिया।

तीनों कुछ पल यूँ ही खड़े रहे।

एक बच्चे के लिए माता–पिता दोनों का प्यार और साथ बहुत ज़रूरी होता है।

नेहा को मायके आए लगभग एक सप्ताह होने को आया था।

पार्थ कई बार "पापा..." कहकर दरवाज़े की ओर देख चुका था।

नेहा का दिल हर बार थोड़ा और भर आता।मम्मी–पापा ने भी समझाने की कोशिश की।

अवंती ने भी कहा—

"नेहा दी, हर रिश्ते में उतार–चढ़ाव आते हैं।आप सब संभाल लो।" लेकिन नेहा नहीं मानी।

उधर अमन को भी उसके मम्मी–पापा ने समझाया था—"नेहा अच्छी लड़की है।

आपसी मतभेद को इतना मत बढ़ाओ। समय के साथ सब ठीक हो जाता है।

कोई गलत फ़ैसला मत लेना।" नेहा सबकी बातें सुनकर कुछ देर के लिए थम ज़रूर गई थी।

इसीलिए वह नासिक अपनी मौसी के घर मिलने के बहाने चली गई।

"नेहा, पार्थ को यहीं रहने दो।" माँ ने कहा।

"हम संभाल लेंगे। तुम मौसी से मिलकर आ जाओ।"

नेहा ने पार्थ को सीने से लगाया।

"मैं जल्दी आ जाऊँगी।" उसके माथे को चूमते हुए कहा।

उधर अमन का भी मन घर में नहीं लग रहा था। खालीपन उसे काटने दौड़ रहा था। वह अपने एक दोस्त के घर चला गया।

बस नासिक की ओर बढ़ रही थी।

नेहा खिड़की से बाहर देख रही थी,

लेकिन दिमाग कहीं और था।

अमन ने अब तक एक मैसेज भी नहीं किया...फोन उसकी हथेली में था, स्क्रीन बार-बार ऑन होती,

फिर बंद हो जाती। यादों ने फिर दस्तक दी।

"अमन..." नेहा रोते-रोते बोली थी, "मैं दिनभर घर का ही काम करती रहूँ क्या? तुम कुछ भी नहीं करते।

मेरी ज़िंदगी बस यही रह गई है।"

"नेहा, प्लीज़..." अमन ने उसे कुर्सी पर बैठाते हुए कहा, "पहले रोना बंद करो।

बताओ हुआ क्या है?"

"तुम दिनभर ऑफिस में रहते हो।" नेहा लगभग चिल्ला पड़ी थी।

"चार लोगों से मिलते हो। और मैं...घर में रह-रहकर घुट रही हूँ।"

"तो तुम भी बाहर जाओ।" अमन ने हाथों से इशारा करते हुए कहा। "घूमो, फिरो।"

"किसके साथ?" नेहा की आवाज़ टूट गई थी।

अमन भी खुद को रोक नहीं पाया।

"नेहा, तुमने अपनी मर्ज़ी से नौकरी छोड़ी।

घर की ई.एम.आई. चुकाने के लिए मुझे ज़्यादा काम करना ही पड़ेगा।

मुझे कोई शौक नहीं है बारह–पंद्रह घंटे काम करने का।"

वह रुकना चाहता था... लेकिन शब्द बहते चले गए।

"तुम तो घर पर रहती हो।"

उसने कह ही दिया। "जब चाहो आराम कर सकती हो।"

नेहा का चेहरा स्याह पड़ गया।

"अमन, तुमसे बात करना बेकार है।" वह रोते हुए बोली।

"जब भी कुछ कहो, अपना रोना पहले रोने लगते हो।" वह उठी और अंदर चली गई।

अमन ने भी दरवाज़ा ज़ोर से बंद किया और बाहर निकल गया।

बस नासिक के स्टैंड पर पहुँचने वाली थी। नेहा ने गहरी साँस ली।पतझड़ जैसी वो यादें धीरे-धीरे पीछे छूटने लगीं—

लेकिन दिल जानता था,कि कुछ पत्ते अब भी पूरी तरह गिरे नहीं हैं।

अमन अपने दोस्त के घर था। कुछ और दोस्त भी आ गए थे। खाना चल रहा था, हँसी–मज़ाक था,

टीवी पर क्रिकेट मैच। सब कुछ था...बस मन नहीं था।

अमन एक कोने में बैठा मोबाइल स्क्रीन पर नेहा की डीपी देख रहा था।

उसके चेहरे पर वही सादगी, वही मुस्कान। क्या नेहा को मेरी याद तक नहीं आई होगी...?उसने मन ही मन सोचा।

दोस्त मैच में पूरी तरह डूबे हुए थे। किसी को चौके–छक्कों से फुर्सत नहीं थी।

अमन को याद आया—कितने मन से उसने मुंबई स्टेडियम में दोस्तों के साथ मैच देखने का प्लान बनाया था।

और फिर नेहा से की गई वह बात याद आ गई।

"नेहा, चलो ना तुम भी मुंबई।" अमन ने उत्साह से कहा था।

"मम्मी–पापा से भी मिल लेंगे और मैं मैच भी देख लूँगा।"

नेहा अपनी फाइलें सहेजते हुए बोली थी,

"अमन, मैंने कुछ कंपनियों में रिज़्यूमे दिया है। मेरा इंटरव्यू है। मैं नहीं आ सकती।"

अमन का चेहरा उतर गया था।

"नौकरी छोड़ना और अब फिर से नौकरी करना—ये तुम्हारा डिसीजन है।"

उसने कंधे उचकाते हुए कहा था। "मैंने कभी फोर्स नहीं किया।"

नेहा ने उसकी तरफ देखा। "अमन, पार्थ के लिए जो सही था, वो मैंने किया।

अब वो थोड़ा बड़ा हो गया है, तो मैं दोबारा काम करना चाहती हूँ।" वह रुकी, फिर बोली—

"इंटरव्यू ज़्यादा ज़रूरी है, समझो।"

कुछ पल की खामोशी के बाद

अमन ने कहा था, "ठीक है... नहीं जाते मुंबई।

फिर कभी..."

लेकिन 'फिर कभी' के पीछे उसका पूरा प्लान टूट चुका था।

टीवी पर शोर था, दोस्तों की हँसी थी, लेकिन उसके भीतर

अजीब सी चुप्पी गूंज रही थी।

वह समझ नहीं पा रहा था—

गलत कौन था,या दोनों ही अपने-अपने तरीके से सही थे।

नासिक में मौसी के घर पहुँचते ही नेहा खुद को रोक नहीं पाई।

वह मौसी से लिपट गई और फूट-फूटकर रोने लगी।

"अरे... नेहा... बस-बस..."

मौसी ने उसकी पीठ सहलाते हुए कहा।उनकी हथेलियों में सालों का सुकून था।

"कैसी हो आप, मौसी?" थोड़ी देर बाद नेहा ने उनके पास बैठते हुए पूछा।

"बस..." मौसी हल्की-सी मुस्कुरा दीं।

नेहा ने चारों तरफ नज़र दौड़ाई।

"मौसी, आपका घर कितना साफ़ और सुंदर है!!

".काश थोड़ा बिखरा हुआ होता!!" मौसी धीमे स्वर में बोली।

"अरे! छोड़..." मौसी उठते हुए बोलीं। "चल, पहले चाय-नाश्ता करते हैं।"

रात को जब पूरा घर शांत हो गया और खिड़की से ठंडी हवा आने लगी, नेहा ने हिम्मत करके पूछा—

"मौसी... आपने शादी क्यों नहीं की?"

मौसी कुछ देर चुप रहीं। फिर बहुत सहजता से बोलीं—

"नेहा, सच कहूँ तो...तब शादी से ज़्यादा मुझे अपनी आज़ादी प्यारी थी। बंधन पसंद नहीं था।"

उनकी आवाज़ स्थिर थी,लेकिन आँखें नहीं।"उस ज़माने में मैं पूरे शहर की पहली लड़की थी

जो विदेश पढ़ने गई। बस फिर...आगे बढ़ती चली गई।"

वे हल्की-सी हँसी।

फिर रुक गईं।

"लेकिन अब..." उनकी आवाज़ भर आई। "अब लगता है—काश... कोई होता।

नेहा चुप रही।

"बात करने को," "लड़ने-झगड़ने को," "साथ हँसने-रोने को..." मौसी ने बात वहीं छोड़ दी।

"ख़ैर, मेरी छोड़..."

उन्होंने नेहा की तरफ देखा।

"तू बता— पार्थ और अमन को क्यों नहीं लाई?"

"अगली बार पक्का..." नेहा ने धीरे से कहा।

वह कमरे में घूमती हुई मौसी का घर देख रही थी।

साफ़, सलीकेदार...लेकिन कहीं-कहीं अदृश्य खालीपन से भरा हुआ।

नेहा मौसी की आँखों को पढ़ पा रही थी—उन बातों को सुन पा रही थी

जो उन्होंने कभी कह नहीं पाईं।

और पहली बार नेहा ने समझा—कि आज़ादी भी कभी-कभी बहुत अकेली हो जाती है।

"अरे यार, चिप्स होती तो मज़ा आ जाता..."आशीष ने मैच से नज़र हटाए बिना कहा।

"मैं नीचे से अभी ले आता हूँ।" अमन झट से खड़ा हो गया।

वैसे भी उसका मन मैच में लग नहीं रहा था। आशीष भी साथ चल पड़ा।दोनों लिफ्ट की तरफ बढ़े।

तीसरी मंज़िल पर लिफ्ट रुकी। एक करीब तेरह–पंद्रह साल का लड़का अंदर आया।

उसकी आँखें झुकी हुई थीं, कंधों पर बैग टँगा था।

"और बेटा, सब ठीक?" आशीष ने सहजता से पूछा।

लड़के ने बस सिर हिलाया और कोने में खड़ा हो गया।

लिफ्ट नीचे पहुँची।

"आजकल के बच्चे जवाब नहीं देते।" अमन बाहर निकलते हुए बोला।

आशीष रुक गया।फिर धीरे से कहा,"नहीं यार... अच्छा बच्चा है। बस हालात सही नहीं हैं।"

अमन ने उसकी तरफ देखा। "क्या हुआ?"

आशीष ने गहरी साँस ली। "बस यार...माँ-बाप बच्चा तो कर लेते हैं,लेकिन संभाल नहीं पाते।"

अमन के कदम धीमे पड़ गए।

"उनकी लड़ाइयों में सबसे ज़्यादा बच्चा पिसता है।"

अमन चुप रह गया।

"मतलब...?" उसके मुँह से बस इतना ही निकला।

आशीष ने सामने देखते हुए कहा, "मतलब...घर में रोज़ झगड़े,अलग रहने की बातें,और बीच में एक बच्चा—

जो कुछ समझ नहीं पाता,लेकिन सब महसूस करता है।" "इसके मम्मी-पापा का डाइवोर्स हो गया..."

आशीष ने हल्के स्वर में कहा, "अब कुछ दिन पापा के साथ, कुछ दिन मम्मी के पास..."

"ओह..." अमन के मुँह से अनायास निकल पड़ा।

"भाई, देख,"आशीष रुककर बोला,

“पति-पत्नी के बीच थोड़ा-बहुत तो चलता रहता है।अब इसमें ईगो रखकर कोई फ़ायदा नहीं।”

अमन चुप था।

“अपना झगड़ा जितना लंबा खींचोगे, उतनी दूरियाँ बढ़ेंगी और फिर लड़ाई की कोई ख़ास वजह होती भी नहीं।”

आशीष ने सामने सड़क की ओर इशारा किया।

“थोड़ी गलतफ़हमियाँ, थोड़ा अहंकार...और बस।”

फिर उसने पीछे मुड़कर कहा, “अब देख इस बेचारे बच्चे को...” वह रुक गया।

“खैर छोड़... बता कौन-सी चिप्स लूँ?”

लेकिन अमन सुन ही कहाँ रहा था।

उसकी आँखों के सामने एक ही चेहरा घूम रहा था—पार्थ।

उसकी हँसी,उसका स्कूल बैग,पापा का हाथ ढूँढती उँगलियाँ।

“अमन, चल...घर इधर है।” आशीष ने आवाज़ दी।

अमन ने सिर हिलाया। “नहीं यार...मैं अपने घर जाता हूँ।”

“मम्मी,नेहा दीदी और जीजाजी के बीचआख़िर हुआ क्या है?”नीरज ने धीमे स्वर में पूछा।

रसोई से आती प्रेशर कुकर की सीटी के बीच मां ने गहरी साँस ली।

“नीरज,मुझे भी कुछ साफ़-साफ़ पता नहीं है।अमन वैसेअच्छा लड़का है...”

उनकी आवाज़ में निश्चितता से ज़्यादा चिंता थी।

“मम्मी जी,”अवंती ने पास आकर कहा,“आप जीजाजी के मम्मी-पापा को बुला लो।

अमन जी को भी बुला लेते हैं। सब साथ बैठकर बात करेंगे तो बात संभल जाएगी।”

वह रुकी, फिर बोली, “दीदी ऐसे कब तक यहाँ रहेंगी?”

कमरे में कुछ पल की ख़ामोशी छा गई।

ललित जी ने अपना चश्मा उठाया,ध्यान से साफ़ किया और फिर आँखों पर चढ़ाते हुए बोले

“नहीं। किसी को बुलाने की ज़रूरत नहीं है।”

सभी उनकी ओर देखने लगे।

“शादी का फ़ैसला दोनों ने किया था,” ललित जी की आवाज़ शांत लेकिन सख़्त थी,

“तो निभाने की ज़िम्मेदारी भी उन्हीं दोनों की है।”

उन्होंने अख़बार मोड़ा,जैसे बात वहीं समाप्त हो गई हो।

“हम आज समझा देंगे,कल भी समझाएँगे...फिर परसों?”

उन्होंने नीरज की ओर देखा।

“हर बार हम फ़ैसला नहीं ले सकते। अगर हर मोड़ पर माँ-बाप खड़े हो जाएँ, तो रिश्तेकभी मज़बूत नहीं होते।”

मां ने धीरे से सिर झुका लिया।

वह जानती थीं– यह बात सही भी थी और कठिन भी। अवंती कुछ कहना चाहती थी, पर रुक गई।

नासिक से पुणे की ट्रेन में नेहा बैठ चुकी थी।

"क्या सचमुच हमें अलग हो जाना चाहिए?" नेहा ने अपने दिल से पूछा।

"अरे! सामान मुझे दो, तुम बैठ जाओ भाई..." सामने की सीट पर एक परिवार आ गया।

"तुमसे कहा था मैंने जल्दी स्टेशन चलो, लेकिन नहीं... हर जगह लेट... मैं तो तंग आ गई।" पति की बात पर पत्नी भी धीरे से बोल पड़ी।

साथ ही दो बच्चे थे, जो माहौल देखते हुए सीट पर चुपचाप बैठ गए।

नेहा अब उन्हें देखने लगी।

करीब एक घंटे बाद जब चायवाला आया, तब पति ने दो चाय खरीदी और एक कप पत्नी को पकड़ाते हुए बोला, "लीजिए, चाय पीजिए।"

"अरे, रुको, मैं आपकी पसंद की चकली और चिवड़ा निकालती हूँ, फिर साथ में पीते हैं।" पत्नी ने पास रखे बैग से नाश्ता निकालते हुए कहा।

नेहा मुस्कुराने लगी कि वाह, सब ठीक हो गया। यही तो जिंदगी है—थोड़ी खट्टी, थोड़ी मीठी।

कभी प्यार, कभी तकरार।लेकिन वो अपने लिए क्या सोच रही थी, नहीं जानती थी।बच्चे भी मम्मी–पापा को खुश देख मस्ती में लग गए।

नेहा पुणे पहुँच गई। सभी उसका इंतज़ार कर रहे थे, लेकिन पापा के कहे अनुसार कोई कुछ नहीं बोला।

"मम्मी, आप आ गई..." पार्थ नेहा के पास दौड़कर गया।

"हाँ बेटा, चलो हम दोनों खेलेंगे।" नेहा खुश लग रही थी।

उधर अमन भी घर पहुँचकर बिखरा घर समेटने लगा।दोनों अपने–अपने फोन चेक कर रहे थे।

अमन व्हाट्सऐप पर नेहा की DP देख रहा था, उस समय नेहा भी ऑनलाइन थी।

दोनों ने तुरंत फोन बंद कर दिया।

"आप बहुत परेशान करते हैं मुझे, कोई और तो आपको झेल भी नहीं सकता।" बाहर के कमरे से मम्मी की ज़ोर–ज़ोर से आवाज़ आ रही थी।

"अवंती, क्यों लड़ रहे हैं मम्मी–पापा?" नेहा ने अवंती से पूछा।

"दीदी, ये लड़ाई नहीं, उनका प्यार है। एक दिन बिना बहस के निकलता नहीं और एक–दूसरे के बिना एक पल गुजरता नहीं। अभी देखना, मम्मी खुद ही उनके लिए उनकी फेवरेट सब्जी बनाएँगी और पापा जी उनके माथे पर बाम लगाएँगे।"

अवंती हँसकर बोलते हुए अंदर चली गई।

नेहा को आज ऑफिस का बहुत काम था। वो लैपटॉप लेकर टेबल पर बैठ गई। बहुत सारे ईमेल आए थे, उनका जवाब दिया और फिर पार्थ को खाना खिलाने लगी।मम्मी–पापा की हँसी–ठिठोली की आवाज़ सुन मुस्कुराने लगी।

उसने अपना फोन उठाया और कुछ टाइप किया।

उसके लैपटॉप पर कोई नोटिफिकेशन आया, जिसकी आवाज़ से वो तुरंत कुर्सी पर बैठ गई।

नोटिफिकेशन चेक किया। उसी समय अमन को भी एक मैसेज आया।

नेहा ने देखा, एक मैसेज आया था..."कुछ साल पहले फ्रेंड रिक्वेस्ट भेजी थी, आज दोबारा भेज रहा हूँ। एक्सेप्ट करोगी?"

उधर अमन के फोन पर मैसेज आया..."कुर्ग, गोवा तो हो गया, स्विट्जरलैंड कब ले जा रहे हो????"

नेहा और अमन के चेहरे पर छाई उदासी हट चुकी थी। पतझड़ के मौसम के बाद उनके जीवन में वसंत ऋतु का आगमन हो चुका था।

छोटी–छोटी बातें न जाने कब बड़ी हो गईं, उन्हें पता ही नहीं चला था, लेकिन वे समझ चुके थे कि गलत कोई नहीं था, बस हालात कुछ ठीक नहीं थे।

"अरे ये क्या, नेहा..." माँ ने नेहा को सामान जमाते देखा, तो पूछा।

"माँ, मैं घर जा रही हूँ।" नेहा माँ के गले लगते हुए बोली।

"मम्मा, मैं ये पहनूँगा..." पार्थ बहुत खुश होते हुए बोला।

उधर अमन ने सारा घर साफ कर लिया, पौधों को पानी दिया और पार्थ की लाल कार लिए बाहर चला गया।

अब बस कुछ ही घंटों की दूरी थी।

नेहा पार्थ के साथ बेंगलुरु के एयरपोर्ट से बाहर आई और सामने अमन, पार्थ की लाल कार लिए उसका इंतज़ार कर रहा था।

"पापा!" पार्थ अमन के पास भागकर गया और अमन ने उसे गोद में उठा लिया।

दूसरे हाथ से उसने नेहा को कसकर पकड़ लिया।

आँखों–आँखों में ही मानो सारे गिले–शिकवे दूर हो गए, उसी तरह जैसे उन्होंने पहली बार वो तीन शब्द कहे थे ...इशारों में।

तीनों अपने घर पहुँचे।

पार्थ अपनी लाल कार से खेलने लगा और अमन ने नेहा के गालों को सहलाते हुए कहा,

"स्विट्जरलैंड तो जाएंगे, फिलहाल कुर्ग जाकर 'राजा सीट' पर राजा–रानी की एक फोटो खिंचवा लें, अब तो राजकुमार भी है हमारे साथ।"

5

स्नेह की धीमी धड़कन

सुबह के नौ बजने वाले थे। छोटे से दो-कमरों वाले घर में रोज़ की हलचल शुरू हो चुकी थी।
रसोई से टिफ़िन बॉक्स की खनक और गैस की हल्की सी आँच पर पराठे बनाती भारती और अखबार पढ़ते आदर्श जी।
"सुजल, जल्दी करो! आज देर नहीं होनी चाहिए"
माँ ने पराठा पलटते हुए आवाज़ लगाई।
सुजल, जो 23 साल का हो चुका था, बार - बार घड़ी देखते हुए बाल ठीक कर रहा था।
"बस पाँच मिनट, माँ! इंटरव्यू का दिन है... स्मार्ट दिखना ज़रूरी है।"
उसके चेहरे पर एक उम्मीद और आत्मविश्वास की झलक थी।
पिता आदर्श जी अख़बार मोड़कर चश्मा उतारते हुए बोले,"स्मार्ट काम से दिखते है, बेटा!बालों से नहीं... "जल्दी करो ।
उधर कोमल जो कॉलेज के दूसरे साल में थी अपनी किताबें बैग में ठूँसती जा रही थी। उसकी आँखों में उसके सपनों का मानो छोटा-सा शहर बसता हो ,जहाँ वह खुद कुछ बनकर पहुँचना चाहती थी।

"भैया, आज भी तुम इंटरव्यू में वही फीकी मुस्कान ले जाओगे?" कोमल ने चुटकी लेते हुए कहा।
सुजल हँस कर बोला —"मेरी मुस्कान फीकी नहीं... सिंपल है। लड़की नहीं ढूँढ रहा कि चमकाऊँ।"
दोनों हँस पड़े, और घर का माहौल कुछ हल्का हो गया।

माँ ने कोमल को टिफ़िन दिया और सुजल को दही चीनी खिलाई और बोली —"बस तुम दोनों मेहनत करते रहो। तुम दोनों से हमें बहुत उम्मीदें है।"
आदर्श जी भी ऑफिस जाने के लिए तैयार होकर आ गए।
सबने थोड़ा - थोड़ा ही नाश्ता किया।
भारती,आदर्श और उनके दोनों बच्चे सुजल और कोमल सभी एक साथ घर से बाहर निकले।
आदर्श अपने पुरानी दुपहिया पर दफ़्तर,
भारती अपने स्कूल के लिए,सुजल नौकरी मिलने की पूरी उम्मीद लिए ऑफिस की तरफ
और कोमल अपने सपनों को साकार करने अपने कॉलेज...
चारों की राहें अलग-अलग हो गई।
लेकिन सब एक दूसरे के लिए मन ही मन ईश्वर से प्रार्थना कर रहे थे।

सुजल ने अपने पसीने से नम हाथ जेब में डाल लिए।कंपनी के रिसेप्शन एरिया में ऐ.सी. की ठंडक थी,लेकिन उसके भीतर बेचैनी की गर्मी तेज़ थी।

सुजल पहली बार इतनी बड़ी कंपनी में इंटरव्यू देने आया था।उसकी आँखें दीवार पर लगे अवॉड्र्स को देखकर आश्चर्य में फैल गई।
"क्या मैं यहाँ फिट हो पाऊँगा?"
मन में यह सवाल बार-बार सिर उठाता।

"मिस्टर सुजल प्लीज़ गो इनसाइड."

अपना नाम सुनते ही उसके दिल की धड़कन तेज़ हो गई।वह धीमे कदमों से इंटरव्यू रूम में दाखिल हुआ।
तीन लोग सामने बैठे थे —
एक लैपटॉप पर नज़र टिकाए हुए था, एक उसके दस्तावेज़ देख रहा था,
और तीसरा व्यक्ति उसके चेहरे के हाव-भाव देख रहा था

" सो, टेल अस अबाउट योरसेल्फ," इंटरव्यूअर ने मुस्कुराते हुए कहा।

सुजल की आवाज़ पहले थोड़ी अटक गई,
"जी... मेरा नाम सुजल है। मैंने बी-टेक किया है और... और..."
उसने गहरी साँस ली,
"मैं सीखने के लिए हमेशा तैयार हूँ। मेहनत... मेरी ताकत है।"

अब शब्द सहजता से बहने लगे। उसने अपने प्रोजेक्ट के बारे में,
अपनी असफलताओं के बारे में भी ईमानदारी से बताया और इस बारे में कि उसने हर बार कैसे खुद को संभाला।

तीनों इंटरव्यूअर अब सिर हिलाते हुए उसकी बातों में रुचि दिखा रहे थे। सुजल को महसूस हुआ – "हाँ... मैं कर सकता हूँ।"

अंत में एक ने पूछा, " वाई डू यू वांट टू ज्वाइन उस?"

सुजल की आँखों में चमक आ गई और वो बोला
"क्योंकि मैं सिर्फ नौकरी नहीं ढूँढ रहा...मैं उस जगह को ढूँढ रहा हूँ जहाँ मैं अपने सपनों को आकार दे सकूँ।"

कमरे में कुछ क्षण खामोशी रही। फिर एक हल्की मुस्कान हर चेहरे पर उभरी। "इमप्रेसिव, सुजल!हम आपको जल्दी बताते है।"

बाहर आते हुए सुजल के कदम कुछ तेज हो चुके थे।वह रिसेप्शन के पास खड़ा होकर
धीरे-धीरे मुस्कुराया –इस बार हिचकिचाहट नहीं थी,सिर्फ उम्मीद थी...नौकरी मिलने की पूरी उम्मीद।

सुजल घर पहुँचा तो दरवाज़ा खोलते ही माँ की आँखों में सवाल तैर उठा –"कैसा हुआ इंटरव्यू?"
आवाज़ में दुआओं की कंपकंपी थी।
सुजल ने जूते उतारते हुए मुस्कुराना चाहा, पर हँसी खुद-ब-खुद चौड़ी होती चली गई –
"माँ... बहुत अच्छा हुआ! मुझे लगा... जैसे आज सब मेरे पक्ष में था।"

पिता जी भी बोल पड़े"ओह! तो फिर ट्रीट कब?" उनकी आवाज़ में गर्व छिपाना मुश्किल था।

छोटी बहन, कोमल पानी का गिलास पकड़कर उछलते हुए आई –"भैया, मुझे मालूम था कि तुम्हे नौकरी मिल जाएगी... लेकिन इतने जल्दी?"

सुजल ने पानी का गिलास उसके हाथ से लिया और एक ही घूंट में पानी पी लिया।
माँ ने माथे पर हाथ फेरते हुए कहा –"भगवान सब अच्छा करेगा। तू बस कोशिश करता रह।"
उस रात घर में उम्मीदों का उजाला था।
आदर्श और भारती खुश थे कि सुजल भी सही रास्ते पर चलकर अपनी जिम्मेदारी उठाने लायक बन रहा है।

दो दिन बाद – सुबह के 10 बजे मोबाइल की स्क्रीन चमकी –उसने अपना ई मेल चेक किया।
सुजल चौंककर उठा। दिल अचानक तेज़ धड़कने लगा।

ई मेल में लिखा था। "यू आर सिलेक्टेड...वेलकम टू ऑर ऑर्गेनाइजेशन"

उसे अपनी आंखों पर जैसे भरोसा ही नहीं हुआ।

वह कुछ क्षण चुप...था फिर हँसी में बदला हुआ विस्मय फोन रखते ही उसने ज़ोर से आवाज़ लगाई –

"मम्मी! हो गया! नौकरी मिल गई!"

भारती दौड़कर आईं, पिता उठकर पास आ गए, कोमल हर तरफ़ कूदने लगी –

"हमारे भैया की जॉब लग गई! अब तो पार्टी पक्की!"

घर की हर दीवार खुशियों से चमक उठी। पड़ोस तक मुस्कुराहट की आहट फैल गई।

भारती ने आँखों में आँसू भरते हुए कहा –

"हमारी मेहनत और तेरी लगन... आखिर फल दे ही गई।"

सुजल ने चुपचाप आकाश की ओर देखकर मन ही मन शुक्रिया...कहा हर उस अनदेखी ताकत को

जिसने उसे यहाँ तक पहुँचाया।

यह उसके सपनों की शुरुआत थी...और घर के लिए एक नई उम्मीद की सुबह।

सुबह की हल्की किरणें खिड़की से अंदर आ रही थीं। आज घर का माहौल कुछ अलग था–गर्व और उत्साह से भरा।

सुजल, आज अपनी पहली नौकरी ज्वाइन करने जा रहा था।

मां जल्दी उठकर उसकी पसंद का नाश्ता बना चुकी थीं। मंदिर में भोग लग चुका था।

"बेटा, बस ऐसे ही हमेशा तरक्की करता रहना,"

उनकी आँखों में उम्मीद की चमक थी।

पिता ने सुजल की शर्ट का कॉलर ठीक किया और बोले "पहला दिन है...डरना मत। बस ईमानदारी से काम करना, बाकी सब सीख ही जाएगा।"

कोमल ने शरारत से मुस्कुराते हुए कहा–

"भैया, जब पहली सैलरी मिलेगी तब मुझे अच्छा सा गिफ्ट चाहिए,भूलना मत!"

सुजल ने सिर हिलाया और आईने में खुद को देखा– फॉर्मल शर्ट, काली पेंट, काले जूते, और कंधे पर लैपटॉप बैग।

उसका दिल तेजी से धड़क रहा था...

नई शुरुआत का उत्साह और थोड़ी-सी घबराहट–दोनों साथ-साथ थी घर की

दहलीज़ पार करते हुए उसने देखा कि
सड़क के उस पार इंतज़ार करती हुई कैब...और उसके मन में भविष्य की लंबी सड़कें।

सुजल के कदम आज कॉर्पोरेट इमारत की ऊँचाइयों की तरफ बढ़ रहे थे।
सामने काँच से ढकी एक विशाल बिल्डिंग—"Tech Globe Solutions Pvt. Ltd."
सिर उठाकर देखा तो ऐसा लगा मानो सपने असलियत बनकर उसके सामने खड़े हैं।
रिसेप्शन एरिया बड़ा भव्य था—चारों ओर चमकती लाइट्स,एक स्क्रीन पर कंपनी की उपलब्धियाँ चल रही थीं।
लोग फॉर्मल कपड़ों में, तेजी से आगे बढ़ते कदम...
हर एक की अपनी मंज़िल, अपनी दौड़।

गहरी सांस लेते हुए सुजल ने गार्ड से पूछा,
"सर, नए जॉइन करने वालों का ओरिएंटेशन कहाँ है?"
गार्ड ने मुस्कुराते हुए रास्ता दिखा दिया।
कमरा पहले से भरा था।
20–25 नए चेहरे—घबराए, उत्साहित, उम्मीदों से भरे।
सुजल ने चुपचाप एक कुर्सी पकड़ ली।
थोड़ी ही देर में, सामने एक कॉन्फ्रेंस स्क्रीन पर शब्द उभर आए—
"Welcome to Tech Globe Family!"

एक स्मार्ट, कॉन्फिडेंट HR मैनेजर अंदर आईं—
"Congratulations everyone! Today, your new journey begins..."
उनकी बातों में भविष्य की चमक थी—
नए प्रोजेक्ट्स, चुनौतियाँ, तरक्की, और सीखने का वादा।
ओरिएंटेशन खत्म होते ही, ग्रुप को उनके-उनके डिपार्टमेंट की तरफ भेज दिया गया।
सुजल का आई डी कार्ड स्कैन हुआ—
उसने लिफ्ट के 9th फ्लोर का बटन दबाया।
डेस्क, कंप्यूटर, और टिमटिमाती स्क्रीन—
सब कुछ एक नई दुनिया जैसा।
टीम लीड ने मुस्कुराकर हाथ बढ़ाया—
"Welcome! You'll be working with us on an international project."

सुजल को अपनी मां-पिता की मुस्कुराहट याद आई।

शाम की हल्की थकान के साथ सुजल घर के दरवाज़े पर पहुँचा। दरवाज़ा खुलने की आवाज़ होते ही अंदर से कोमल दौड़ती आई—
"भैया! कैसा रहा पहला दिन? बताओ ना सब!"
मां रसोई से बाहर आईं,चेहरे पर वही स्नेह भरी मुस्कान—
"आ गया मेरा ऑफिस जाने वाला बेटा!
चल, पहले पानी पी... फिर आराम से बता।"
पिता भी फोन रखते हुए उठे—
"बहुत अच्छा हुआ होगा... मुझे पूरा यक़ीन है।"
सुजल ने बैग सोफ़े पर रखते हुए गहरी साँस ली—
थकान थी, लेकिन उससे ज्यादा खुशी थी।

"मम्मी... पता है,ऑफिस बहुत बड़ा है!"
अरे! काँच की बिल्डिंग...भारी सिक्योरिटी...
लिफ्ट इतनी तेज़ कि लगता है जैसे बादलों में जा रहे हों!"सुजल बोला
कोमल ने हँसते हुए चुटकी ली— "और कोई खास ?"
सुजल शरमा गया— "कोमल क्या यार ...मम्मी, टीम के लोग बहुत अच्छे हैं।"
पिता ने सवाल किया—"पहला काम क्या दिया?"

"अंतर्राष्ट्रीय प्रोजेक्ट पर काम...सॉफ्टवेयर डेवलपमेंट।

ये कहते हुए सुजल की आँखों में चमक
किसी छोटी जीत सी झलक रही थी।

मां ने उसके सिर पर हाथ फेरते हुए कहा—
"बस ऐसे ही सीखता रह और आगे बढ़ता रह।"

कोमल प्लेट में मिठाई लेकर आई—
"ये रही आपकी पहली सैलरी की एडवांस मिठाई!"
सभी हँस पड़े।
रात को अपने कमरे में जाकर
सुजल बिस्तर पर लेटा
और छत को देखते हुए फुसफुसाया—

"सपने सच होते हैं...अगर दिल में भरोसा हो।"
आज की नींद किसी थके इंसान की नहीं—
बल्कि किसी नई उड़ान भरते नौजवान की थी।

सुबह की धूप काँच की विशाल खिड़कियों से होकर ऑफिस के फ़्लोर पर फैल रही थी। सुजल कॉफी मग हाथ में लिए लैपटॉप पर झुका हुआ था। तभी पीछे से एक हँसी भरी आवाज़ आई —

"सुजल? तुम ही हो ना?"

सुजल चौंककर मुड़ा। सामने एक लड़की खड़ी थी — फॉर्मल कपड़े, कंधों तक बाल... चेहरा जाना-पहचाना लेकिन याद नहीं आ रहा था।

"अं... हाँ! लेकिन... आप?" उसने धीरे से कहा।

लड़की मुस्कुराई —

"मैं नव्या! दसवीं 'बी'... याद नहीं? तुम सबसे पीछे वाली बेंच पर बैठते थे।"

सुजल की आँखों में पहचान की चमक लौट आई।

"अरे हाँ! तुम तो मॉर्निंग असेम्बली में भाषण देने वाली नव्या हो न!"

दोनों हल्का हँस पड़े।

दोनों कॉफी मशीन के पास चलने लगे।

नव्या: "तुम यहाँ कब से हो?"

सुजल: "आज 10वाँ दिन है। अभी भी सब नया-नया लगता है।"

नव्या: "अच्छा! मुझे चार महीने हो गए।"

नव्या ने कॉफी उठाई और जाने लगी, फिर मुड़कर बोली —

"लंच साथ में करें? मैं अपने दोस्तों से भी मिलवा दूंगी।"

सुजल ने हल्की मुस्कान के साथ सिर हिलाया —

"ज़रूर... अच्छा लगेगा।"

नव्या जब दूर चली गई, सुजल कुछ पल ख़ामोश खड़ा रहा।

दिल की धड़कन थोड़ी तेज़ —

कितनी अजीब बात है... स्कूल की एक हल्की याद, आज ऑफिस की सुबह में फिर से सामने आ गई।

मासूम मुस्कान लिए वह अपनी टेबल पर लौट आया।

लंच टाइम हुआ सब आपस में मिले।

"याद है? दसवीं के प्री बोर्ड में तुमने मैथ्स में मुझे पास करवाया था," नव्या मुस्कुरायी।

"हां, तुमने सैंडविच की रिश्वत दी थी मुझे,जो अभी तक नहीं खिलाई," सुजल ने तुरंत चुटकी ली।

"अरे हां! वो डील हमारे बीच हुई थी,आज पक्का खिला दूंगी।" दोनों फिर हँस दिए। नव्या बोली,"चलो, तुम्हें हमारी कैफेटेरिया घुमाती हूँ। नए जॉइनिंग वालों के लिए

ट्रीट तो बनती है।"

"अरे, ट्रीट तो नए वाले देते हैं!" सुजल ने हँसते हुए कहा।

"तुम बस चुपचाप चलो," नव्या ने इशारे से कहा।

कैफेटेरिया में बैठकर पुरानी बातें और भी खुलने लगीं।

करीब एक घंटा कब निकल गया।

नव्या ने जाते हुए कहा,

"देखो,आज सैंडविच तो नहीं मिली कल... पक्का!अभी एक कॉल है जाना पड़ेगा।"

सुजल ने मुस्कुराते हुए कहा,—"अरे कभी भी।"

चलते-चलते सुजल के मन में एक अजीब-सी खुशी तैर गई।नई नौकरी, नया माहौल...

और अब — एक पुरानी दोस्त, जो इस सफ़र को और आसान बना रही थी।

सुजल अपने कमरे में लैपटॉप बंद कर के गहरी साँस लेकर कुछ सोचने लगा।ऑफिस में जॉइन किए उसे अभी कुछ दिन हो गए थे।

उसे महीने के अंत में आने वाले वेतन का बेसब्री से इंतजार था।

बाहर हॉल में आदर्श और भारती धीमी आवाज़ में बात कर रहे थे,जिससे सुजल और कोमल को सुनाई न दे।

लेकिन हर शब्द सुजल के दिल पर चोट बनकर पहुँच रहा था।

"कोमल के कॉलेज की फीस भरना बाकी है..."

आदर्श की आवाज़ में चिंता थी।

"बैंक की EMI भी अगले हफ्ते है। और मेरी नौकरी का ये आखिरी महीना... फिर क्या?"

भारती की आवाज़ भर्रा गई।

आदर्श ने उसे ढाँढस बंधाने की कोशिश की —

"कुछ न कुछ हो जाएगा भारती...

सुजल है न, अब नौकरी करने लगा है।"

भारती ने हल्की सी कड़वाहट में कहा —

"हाँ... लेकिन उसकी तनख़्वाह से पूरा घर थोड़ी चल जाएगा।

बेटी की पढ़ाई है... खर्चे रोज़ बढ़ रहे हैं।"

दोनों कुछ देर चुप रहे।

सन्नाटा दीवारों से टकराकर और भारी होता गया।

सुजल दरवाज़े के पीछे खड़ा सब सुन रहा था। पलकों में चुभन-सा महसूस हुआ।

उसने अपनी मुट्ठी भींच ली और मन ही मन बोला
"अब ये घर कभी पैसों की वजह से चिंता नहीं करेगा।
बस थोड़ा और वक्त... फिर सब ठीक कर दूँगा।"

सुजल ने हिम्मत जुटाई और बाहर हॉल में आया।मम्मी - पापा एक-दूसरे से नजरें चुरा रहे थे।
सुजल ने चुपचाप दोनों के सामने बैठकर धीमी आवाज़ में कहा—
" आप लोग चिंता मत किया करो।मैं हूँ न... सब ठीक कर दूँगा।"

भारती ने मुस्कुराने की कोशिश की—लेकिन आँखें नम हो गईं।
पिता ने सर झुका लिया।उनकी आवाज़ धीमी और टूटी हुई थी वे बोले
"हमने कोशिश तो बहुत की बेटा...लेकिन ...."

सुजल तुरंत आगे झुका,
पिता का हाथ पकड़कर बोला—
"पापा, आप ऐसा मत सोचिए।आपके बिजनेस पार्टनर ने धोखा न दिया होता तो आज हमारे पास सबकुछ होता। फिर भी आपने और मम्मी ने दिन रात मेहनत की और हम आज अच्छे से जी पा रहे है।"

आदर्श ने गहरी साँस ली —
"कभी-कभी लगता है कि मैं अपने परिवार के लिए कुछ नहीं कर ..."

सुजल की आँखें भर आईं—" पापा आपने तो हमें
जिंदगी जीना सिखाया है।अब मैं कमाऊँगा। मेहनत करूँगा।जब आप दोनों मेरे साथ है तो मैं सब कर लूंगा।"

पिता ने बेटे को गले लगा लिया।जिसमें उनकी धड़कनों ने बातें कीं।

भारती ने बेटे के सिर पर हाथ फेरा—
"तू बहुत बड़ा हो गया सुजल...अब मुझे यकीन हो गया कि सब ठीक हो जाएगा"

उसी पल से सुजल को लगा —
उसकी नौकरी सिर्फ नौकरी नहीं,उसके घर का भविष्य है।

करीब 3 महीने बीत गए।सुजल ऑफिस में बहुत मेहनत करने लगा।
आज ऑफिस में हलचल थी।
सुजल की टीम लीड ने उसे अपने केबिन में बुलाया

"सुजल, तुम्हारी परफ़ॉर्मेंस अच्छी है।हमें एक बड़ा प्रोजेक्ट मिलने वाला है और हम तुम्हे उसमें शामिल करेंगे।"
सुजल की आँखों में चमक आ गई।यह मौका वह खोना नहीं चाहता था
उस प्रोजेक्ट में नव्या को भी शामिल किया गया था।

पहले तो सिर्फ कॉफी और काम की बातें होती थी।
अब काफी समय साथ बिताने लगे । एक दूसरे को समझने भी लगे।
नव्या हमेशा कहती—
“तुम बहुत ज्यादा सोचते हो यार।मुस्कुराने की भी आदत डालो।”
और सुजल भी सच में मुस्कुराना सीखने लगा था।

कोमल की पढ़ाई बहुत अच्छी चल रही थी। बी. कॉम. के साथ साथ सी. ए.की तैयारी भी जोर में चल रही थी।

आदर्श जी का भी इंश्योरेंस पॉलिसी का काम ठीक ठाक चल रहा था।भारती अब आराम से घर पर रहती।सुजल की ग्रोथ देखकर शादी के प्रस्ताव आने लगे।रिश्तेदारों में बातें होने लगीं—
“लड़का तो जिम्मेदार है,अच्छी नौकरी भी है।
सुजल जानता था कि अभी शादी के लिए वो तैयार नहीं था।घर का लोन चल रहा था और महीने के आखिर में सेविंग तो बस नाम की ही थी।
भारती बस कभी कभार मज़ाक में बोलती,"सुजल ,तेरे लिए रिश्ते आने लगे है।देख यदि कोई हो तेरी जिंदगी में तो बता देना वरना हम ही ढूंढना शुरू कर देंगे।"
"अरे !मम्मी अभी तो मुझे अपने करियर पर फोकस करने दो।शादी तो बाद में हो ही जाएगी।"सुजल बात टाल जाता।

"मम्मी,परसो मुझे हैदराबाद जाना है।प्लीज कपड़े रेडी कर देना।"सुजल ने मम्मी से कहा।
"वाह! भैया मजे है तुम्हारे तो।"कोमल ने सेब खाते हुए कहा।
"काम से जा रहा हूँ,घूमने नहीं।जाओ तुम पढ़ाई करो।"सुजल ने अपना फोन चार्जिंग पर लगाते हुए कहा।
"तू अकेला है या कोई और भी है??" मां ने पूछा।
"नव्या है साथ में।"सुजल अलमारी से अपनी शर्ट निकालते बोला।
"ओह हो...नव्या..."बहन ने फिर छेड़ा।
"कोमल,बस ...ऐसे परेशान मत कर उसे।बेटा तू आराम कर ।मैं सब कर दूंगी।"सुजल के बालों को सहलाते हुए भारती ने कहा।
"एक अरसा बीत गया जब चारों कहीं बाहर गए हो।
एक बार कोमल के पेपर हो जाए फिर 2 दिन के लिए ही सही कही बाहर चलेंगे।" भारती ने आदर्श से कहा ।
"सही कह रही हो।करता हूँ कुछ प्लान ।आदर्श ने आश्वासन दिया।

"हम जल्दी आ गए एयरपोर्ट।"नव्या ने सुजल से कहा।
" समय से पहले पहुंचना अच्छा होता है।मैं जरा प्रेजेंटेशन चेक कर लेता हूं।"सुजल अपना लैपटॉप खोलकर काम करने लगा।
"ओके,मै भी सब चेक कर लेती हूं।"नव्या भी काम पर लग गई।
"सुजल,चलो एक कॉफी लेते है।"नव्या ने लैपटॉप बंद करते हुए कहा।
"नहीं,मुझे नहीं चाहिए।घर पर चाय नाश्ता किया था।"सुजल ने बड़ी सरलता से कहा ।
"ठीक है,मैं लेकर आती हूँ।"नव्या अपना फोन हाथ में लिए कॉफी लेने चल पड़ी।
सुजल ने भी लैपटॉप बंद कर दिया।उसकी नजर नव्या पर थी।
कितनी कॉन्फिडेंट लड़की,इंडिपेंडेंट,स्मार्ट और ब्यूटीफुल....
तभी उसका फोन बज उठा ।
"हां मम्मी अभी बस 10 मिनिट में बोर्डिंग शुरू होगी। मैं आपको वहां पहुंचकर फोन करता हूं।
सुजल ने फोन जेब में रखा और बोर्डिग की लाइन में लग गया।नव्या भी आ गई।
हवाई जहाज अपनी तय ऊँचाई पर पहुँच चुका था
बाहर आसमान में सफ़ेद बादल तैर रहे थे,
और अंदर मानो ऑफिस की ही दो सीटें जैसे फ़्लाइट में शिफ्ट हो गई हों।
सुजल लैपटॉप बंद कर कुर्सी पीछे कर लेता है।
“हैदराबाद पहुँचते ही सीधे मीटिंग है।
क्लाइंट सवाल बहुत करेंगे — तैयार है न सब??
नव्या मुस्कुराई,
“तैयार तो है, बस थोड़ी टेंशन है...
कभी-कभी सोचती हूँ, ऐसे ही कितने साल निकल जाएँगे?”
सुजल ने टोका —
“मतलब?”
नव्या ने खिड़की के बाहर देखते हुए कहा,
“करियर अच्छा चल रहा है...
पर घर पर शादी की बात रोज़ हो रही है।
मम्मी-पापा कहते हैं अब सीरियस हो जाओ।”
“तुम क्या चाहती है?”सुजल ने सीधे पूछा।
“शादी होगी तो अपने टाइम पर।
ऐसे नहीं कि बस उम्र देखकर कर दी जाए।”

नव्या की आवाज़ में दृढ़ता थी,पर थोड़ी बेचैनी भी।

सुजल ने सिर हिलाया, “लाइफ में फैसले खुद लेने चाहिए।
न कि किसी टाइमटेबल के हिसाब से।”

नव्या हल्के से हँसी,“हाँ, पर मेरे घर में शादी और टाइमटेबल साथ-साथ चलते हैं।
कहते हैं — करियर बाद में भी बन जाएगा,
पर अच्छा रिश्ता हर रोज़ नहीं आता।”

“और तुम?”

“मुझे ऐसा इंसान चाहिए जो मेरे सपनों में शामिल हो...उन्हें रोकने वाला नहीं।”

कुछ पल दोनों चुप रहे।
फ्लाइट की हल्की गूँज उस खामोशी को और गहरा कर रही थी।

सुजल ने बात बदलते हुए कहा,
“अभी शादी वाले टेंशन छोडो।यह प्रोजेक्ट अच्छा गया तो प्रमोशन पक्का है।
और फिर...शादी की डिमांड भी बढ़ जाएगी।”
दोनों हंसने लगे।
बादलों के बीच उड़ती उस फ्लाइट में दोनों नव्या और सुजल अपने भविष्य को लेकर आश्वस्त तो थे लेकिन ईश्वर ने जिंदगी की किताब के आगे के पन्नों पर क्या लिखा होगा नहीं जानते थे
फ्लाइट समय पर हैदराबाद पहुंच गई।
हैदराबाद का एयरपोर्ट बहुत ही बड़ा और आधुनिक था।
दोनों ने एक दो फोटो लिए और ऑफिस रवाना हुए।
मीटिंग करीब 1 घंटे चली और केबिन से बाहर निकलते वक्त दोनों के चेहरे पर खुशी थी जो बया कर रही थी कि सब बहुत ही अच्छा रहा।
"चलो सुजल अब तो हम अच्छी जगह जाकर खाना खाए??
"हां ,बिल्कुल चलो..बताओ कहां जाना है?"
सुजल ने अपने फोन पर मां का नंबर लगाते हुए कहा।

"तुम बात कर लो,मै देखती हूं।"नव्या ने अपने फोन पर आसपास होटल ढूंढना शुरू किया।
"मम्मी,सब अच्छा रहा।हम अब खाना खाएंगे और फिर हमारी फ्लाइट है।रात देर होगी आप चिंता मत करना।"
ऐसा कहकर सुजल ने फोन रख दिया और नव्या ने इशारे से टैक्सी में बैठने को

कहा।
दोनों ने बहुत अच्छी जगह खाना खाया।
"वैसे तुम हमेशा सिंपल ही खाना खाते हो?"नव्या ने पूछा।
"नहीं ऐसा नहीं है मेरी बहन कोमल को चाइनीज,इटालियन सब बहुत पसंद है तो कभी कभी उसके साथ खा लेता हूँ।ट्रैवलिंग मे थोड़ा लाइट खाता हूं।"सुजल ने टैक्सी से बाहर देखते हुए अपना जवाब पूरा किया।
"तुमने घर फोन कर लिया न?सुजल ने पूछा।
"हां,मेसेज कर दिया था। रात को तो पहुंच ही जायेंगे। वैसे मैं हॉस्टल में रही हूं तो मम्मी पापा को चिंता नहीं होती।बस भाई को लगता है मैं अपडेट करती रहूं।"नव्या ने हंसते हुए कहा।

आकाश में उड़ते हवाई जहाज की गति के समान ही वक्त भी मानो उड़ रहा हो।सुजल को कंपनी में काम करते 2 साल बीत गए।बहन कोमल का ग्रेजुएशन ही गया और सी. ए. का बस आखिरी पेपर बाकी रह गया था।अब घर पर भी सब ठीक होने लगा था।कोमल के सी. ए.बनते ही और भी अच्छा हो जाएगा ऐसी सबको उम्मीद थी।
ऑफिस में सुजल और नव्या की दोस्ती भी अच्छी हो गई थी।
"क्या हुआ नव्या? परेशान हो.." रिया ने पूछा।
"परेशान तो नहीं बस कंफ्यूज हूँ।आज लड़के वाले आ रहे है घर।बस वही सोच रही हूं कि एक दो मुलाकात में कैसे मैं डिसाइड कर लूं कि वो मेरे लिए सही है??" नव्या ने अपने बालों को काले रबर से बांधते हुए कहा।

"यार,तुझे कोई पसंद है क्या??"रिया ने धीमी आवाज में पूछा।
"नहीं ,नहीं ऐसा कुछ नहीं है...लेकिन शादी का डिसीजन बहुत मुश्किल है।"नव्या कुछ परेशान सी थी।
तभी सुजल वहां से निकला और उसने इशारे से दोनों को हैलो किया।
"नव्या,सुजल कैसा लगता है तुझे??"
"रिया,यार मेरा उसके साथ कुछ नहीं है वो बस दोस्त है।"
"हां मुझे मालूम है लेकिन दोस्त भी तो लाइफ़पार्टनर बन सकता है न!!"रिया ये कहकर मीटिंग के लिए चली गई।
एक ख्याल नव्या के दिमाग में ज़रूर डाल गई।

"सुनो,मंडे को ऑफिस में ट्रेडिशनल कपड़े पहनने है।"सौरभ ने कैंटीन में सभी दोस्तों से कहा।
"हां HR का मेल आया है।मैने भी देखा।ठीक है कोई कुर्ता पहन लेंगे।"समीर ने

चाय की चुस्की लेते कहा।
"मम्मी...सोमवार को कुर्ता पहनना है। ऑफिस में कुछ प्रोग्राम है।आप कोई कुर्ता निकाल देना।" सुजल ने मां से कहा।

मां ने तो सिर हिलाकर हां कह दी।

"भैया,तुम कुर्ते में तो बहुत हैंडसम लगते हो।देखना कोई तुम पर फिदा न हो जाए।वैसे ऑफिस में कोई भी अब तक आपको पसंद नहीं आई??नव्या कैसी है??" कोमल ने फिर से मस्ती शुरू कर दी।
"तू पढ़ाई पर ध्यान दे।इस बार पेपर क्लियर हो जाना चाहिए समझी।"सुजल ने कोमल को बड़े भाई की तरह कुछ डांटते हुए कहा।

सोमवार की सुबह सुजल अपने समय पर ऑफिस पहुंच गया। रिसेप्शन पर खूबसूरत रंगोली देख उसके चेहरे पर मुस्कान आ गई।
पूरा ऑफिस सजा हुआ था।
सभी लोग ट्रेडिशनल कपड़ों में बहुत ही अच्छे लग रहे थे।
"Looking smart...."रिया ने सुजल की तारीफ करते हुए कहा।
"तुम भी अच्छी लग रही हो..."सुजल भी बोला।
"आज तो लड़कियां क़यामत ढा रहीं है..."सौरभ ने अपने कुर्ते को ठीक करते हुए कहा ।
"साड़ी में तो पहचान ही नहीं आ रही..."
समीर मुस्कुराते हुए बोला।
सभी फोटो लेने में व्यस्त हो गए।
"अरे..लो नव्या भी आ गई।"
रिया ने अपने बालों को ठीक करते हुए कहा।
सुजल ने पलटकर देखा तो मानो उसकी नजर उस पर टिक सी गई।

आज नव्या बिल्कुल अलग लग रही थी।
सुनहरे बॉर्डर वाली हल्की लाल सी साड़ी पहनी थी।
सिल्की बाल खुले हुए थे। कानों में बाली और गले में हल्की पतली सी चेन और छोटा सा पेंडेंट।
हाथ में एक पतला सा कंगन पहन रखा था।
समीर ने सुजल की चुटकी लेते कहा,"क्या भाई ऐसे मत देख, कहीं प्यार ही न हो जाए।
सुजल ने तुरंत अपनी नजर अलग दिशा में कर ली।
"क्या बात है नव्या...कितनी अच्छी लग रही हो।"

रिया ने नव्या की साड़ी का पल्लू पकड़कर कहा।

सभी एक दूसरे की तारीफ करने लगे।

"सुजल, तुम बहुत अच्छे लग रहे हो।"नव्या ने सुजल के पास आकर कहा।

"तुम तो पहचान ही नहीं आ रही..."सुजल मुस्कुराकर बोला।

दोनों के चेहरे पर एक अलग सी मुस्कान थी।

तभी सौरभ ने दोनों की एक फोटो ले ली।

सुजल जो लैपटॉप से आंख नहीं हटाता था आज उसकी नजर नव्या से हट नहीं रही थी।

सुजल के दिल में कुछ अलग एहसास था।

उसे पहली बार लगा कि नव्या सिर्फ़ उसकी टीममेट नहीं, सिर्फ़ एक कोलीग नहीं... उससे कहीं ज़्यादा है। पर क्या ये सच में प्यार था, या बस त्योहार की चमक का असर? वह खुद भी नहीं जानता था। लेकिन इतना ज़रूर समझ गया था —

आज नव्या को देखकर उसके भीतर कुछ नया जन्म लिया है—कुछ कोमल, कुछ अनकहा, पर बिल्कुल सच्चा।

नव्या हमेशा से सुजल को एक शांत, भरोसेमंद और समझदार सहकर्मी के रूप में ही देखती थी। दोनों साथ काम करते थे, साथ प्रेज़ेंटेशन बनाते, कई बार ऑफ़िस की देर रात वाली मीटिंग्स में भी एक-दूसरे का सहारा बनते। लेकिन उसने कभी अपने मन में उठती छोटी-छोटी भावनाओं को कोई नाम नहीं दिया था।

पर उस दिन...

जब उसने सुजल को ट्रेडिशनल कपड़ों में खड़े देखा—हल्की मुस्कान, संयत आँखें और हमेशा की तरह उसकी ध्यान देने वाली आदत—तो नव्या के दिल में जैसे कोई अदृश्य धुन बज उठी।

सुजल ने उसे धीरे से “हाय” कहा, लेकिन उस एक शब्द के साथ उसकी आँखों की गर्मजोशी ने नव्या को अजीब सी हलचल में डाल दिया।

साड़ी पहनकर ऑफिस आना उसके लिए बस एक औपचारिकता थी—पर सुजल की नज़रों में खुद को देखते ही उसे पहली बार एहसास हुआ कि वह कैसी दिख रही है।

और पहली बार... उसने चाहा कि वह सुजल को थोड़ी देर और देखती रहे।

दिनभर जब भी सुजल उसके पास से गुज़रता, नव्या को अपनी धड़कनें थोड़ी तेज़ लगतीं। जब वह किसी बात पर हल्का-सा हँसता, तो उसे लगता कि ऑफिस का माहौल अचानक थोड़ा और अच्छा हो गया है।

नव्या खुद से सवाल करती—

"ये क्या हो रहा है मुझे ?
लेकिन जवाब वह खुद ही जानती थी।
वह सुजल के साथ अच्छा महसूस करती थी... कहीं...ये एहसास प्यार की पहली सीढ़ी तो नहीं!!!!

दिन के अंत में, जब सुजल ने जाते-जाते मुस्कुराकर कहा—
" ओके कल मिलते हैं, नव्या।"

तो नव्या ने महसूस किया कि वही छोटी-सी मुस्कान...
उसके पूरे दिन की थकान को एक पल में मिटा देती है।

उसे एहसास हो रहा था कि सुजल उसके लिए अब सिर्फ़ एक सहकर्मी नहीं रहा बल्कि उससे कुछ ज्यादा ...शायद नव्या को सुजल से प्यार होने लगा था।
ऐसा ही हाल कुछ सुजल का भी था ..
घर की ओर जाते हुए नव्या का चेहरा उसकी आंखों में समाया रहा और चेहरे पर एक मुस्कान सी खिली रही।
क्या था ये...कैसा एहसास ...क्या हो रहा था..!!!
पहले प्यार की दस्तक तो नहीं....

रात के साढ़े आठ बज रहे थे। घर में खाने की खुशबू फैली हुई थी—दाल, चावल ,रोटी और पापा की पसंद का दमआलू। रसोई में स्टील के बर्तनों की खनक के बीच कोमल प्लेटें सजाकर डाइनिंग टेबल पर रख रही थी।

"भैया, आज तो समय पर आ गए!" कोमल ने मुस्कुराकर कहा,
"मीटिंग जल्दी खत्म हो गई क्या?"

सुजल ने सिर हिलाया, पर उसका दिमाग कहीं और ही था। उसका मन किसी और गलियारे में भटकता रहा हो... नव्या का साड़ी में मुस्कुराता चेहरा बार-बार उसकी नज़रों के सामने आ रहा था

कोमल ने सब्ज़ी उसके प्लेट में डालते हुए पूछा,
"भैया, ठीक हो ना? कहीं खोए-खोए लग रहे हो।"

सुजल चौंकते हुए बोला" हाँ, बस... आज ऑफिस में थोड़ी थकान हो गई।"

लेकिन कोमल अपने भाई के दिल की खामोशी भी समझ लेती थी।
"थकान... या किसी के बारे में सोच रहे हो?" उसने चुटकी ली।
सुजल ने पानी का गिलास उठाया, पर उसके हाथ हल्का-सा रुक गए।
नव्या का नाम उसके गले तक आकर रह गया।
"कुछ नहीं," उसने एक मुस्कान के साथ कहा, "बस... ऑफिस में फेस्टिव मूड था आज। सबने ट्रेडिशनल पहना था।"

“अच्छा?” कोमल की आँखें चमकी , “और वो नव्या ,उन्होंने क्या पहना था?”

सुजल ने नजरें झुका लीं। थाली में रखी दाल अचानक बहुत दिलचस्प लगने लगी।

“साड़ी...” उसने धीरे से कहा, “ऑरेंज कलर की।”

कोमल बस मुस्कुरा दी—उसे और कुछ पूछने की जरूरत नहीं थी।

भैया के चेहरे पर वो हल्की, अनजानी चमक... किसी भी बहन के लिए काफी थी।

खाना खाते हुए भी सुजल बार-बार उसी पल में लौट जाता—नव्या का साड़ी का पल्लू सँवारना, उसकी मासूम हँसी।

सुजल के मन में सिर्फ एक नाम धीरे-धीरे गूंज रहा था—नव्या।

सुजल और नव्या के दिल की हालत एक सी थी। कुछ समय में ही दोनों की दोस्ती प्यार की चौखट तक आ पहुंचीं । साथ साथ समय बिताने के बहाने कम पड़ने लगे।आइने में खुद को अब ज्यादा ही देखने लगे।इत्र की बोतल अब समय से पहले ही खत्म होने लगी।

"नव्या, बेटा मासी ने एक अच्छा रिश्ता भेजा है तुम एक बार देखो तो सही।"तान्या की मम्मी ने फोटो दिखाते हुए कहा।

"मम्मी,आप क्यों पीछे पड़ी हो।"नव्या ने चिढ़ते हुए कहा।

"बेटा ,ये कैसे बात कर रही हो!! शादी के लिए यदि तुमने किसी को चुना है तो बताओ, हमने कभी मना नहीं किया लेकिन अब सही उम्र है तुम्हारी शादी की।तुम्हारे अच्छे बुरे की हम नहीं तो कौन सोचेगा??"पिता ने सख्ती के साथ साथ समझाते हुए कहा।

"पापा ....!!"

"बेटा, देखो!हमने अपने माता पिता की मरजी से शादी की और हम बहुत खुश है लेकिन अब जमाना बदला है और हम जानते है तुम समझदार हो । बताओ कोई है???"

"पापा ..मम्मी...प्लीज आप मुझे थोडा समय दीजिए।मैं खुद भी अभी श्योर नहीं हूं।"नव्या ने अपनी मां का हाथ पकड़कर कहा।

"ठीक है ...जो भी हो सोच समझकर तय करना।पूरी जिंदगी का सवाल है।"मां ने बेटी के हाथ पर अपना हाथ रखते हुए कहा।

अगले दिन ऑफिस में सबकुछ सामान्य सा रहा।सुजल और नव्या काम में व्यस्त थे लेकिन दोनों के दिल में बहुत कुछ चल रहा था।

शाम के साढ़े सात बजे थे। ऑफिस की लाइटें धीरे-धीरे बंद हो रही थीं, बस एक कॉन्फ्रेंस रूम में हल्की पीली रोशनी अब भी जल रही थी।

सुजल और नव्या एक प्रेज़ेंटेशन पूरा करके बाहर निकलने ही वाले थे, पर दोनों के कदम जैसे रुक गए हों।

खिड़की के बाहर हल्की बारिश शुरू हो चुकी थी। कांच पर गिरती बूंदें अंदर की खामोशी और दिल की धड़कनें और साफ़ सुनवा रही थीं।

नव्या ने धीमी आवाज़ में कहा,

“आज बहुत थक गए होंगे… चलो, निकलते हैं?”

सुजल ने उसे देखते हुए हल्की मुस्कान दी,

“थका तो हूँ… लेकिन कुछ है जो कहना चाहता हूँ। बहुत दिनों से।”

"हां,बोलो सुजल।।।"

"नव्या, वो हम बहुत अच्छे दोस्त है…तुम मुझे बहुत पसंद भी हो…एक्चुली मैं तुमसे…"

सुजल बोल ही नहीं पा रहा था।

नव्या ने अपने बालों को कानो के पीछे किया और कहा,"सुजल एक्चुली मुझे भी कुछ कहना है।"

दोनों पहले तो आंखे नहीं मिला पा रहे थे फिर

सुजल ने हिम्मत कर नव्या की आंखों में देखते हुए कहा,"मैं तुमसे प्यार करने लगा हूं। तुम्हारा चेहरा हर पल मेरी आंखों के सामने रहता है।मुझे तुम्हारा साथ बहुत अच्छा लगता है…."

नव्या के हाथ बर्फ से ठंडे हो गए थे शब्द होठों से बाहर ही नहीं निकल रहे थे लेकिन एक गहरी सांस लेकर वो बोली,"सुजल मैने भी महसूस किया है कि मैं तुम्हारे साथ बहुत अच्छा फील करती हूँ।जब तुम साथ होते हो तो सब अच्छा लगता है।"

"प्यार करती हो??"

"हां…."नव्या ने भी इजहार कर दिया

घर वापस आने पर सुजल के चेहरे पर अलग ही खुशी थी।"सुजल, कल बुआ आ रही है। उनसे मिलकर ऑफिस चले जाना।"मां ने रसोई साफ करते हुए कहा।

"ठीक है.."जैसा आप कहें प्यारी मम्मी।"सुजल ने अपनी मां के गले लगते हुए कहा।

"क्या बात है भैया !!आज बहुत खुश लग रहे हो!"बहन ने सुजल के चेहरे को पढ़ लिया।

"हां खुश हूं…बहुत खुश हूं….तुझे क्या.."सुजल ऐसा कहकर कमरे में चला गया।

सुजल और नव्या ने सारी रात मेसेज में एक दूसरे से बात की।

सुबह सुबह पापा बुआ को स्टेशन से लेकर आ गए।

घर पर नाश्ते की तैयारी हो चुकी थी।
सुजल ने बुआ को देख तुरंत उनके पैर छुए।
"भारती,अब तो बहू लाने का समय हो गया है,एक बढ़िया लड़की है मेरी नजर में।"बुआ चाय का प्याला हाथ में लिए बोली।
"दीदी, आप बड़ी है आपने देखा होगा तो अच्छा ही होगा।आगे सुजल की मरजी।"भारती ने प्लेट में जलेबी रखते कहा।
"बहू पहले ले आओ फिर बेटी ब्याहने की बारी आ जाएगी।"बुआ ने कोमल के गाल खींचते हुए कहा ।
"बुआ,भाभी आ जाए ,उनके साथ रह लूं।मेरा सी ए हो जाए फिर करूंगी शादी।"
सुजल के चेहरे का रंग बदल गया।

"अरे! सुजल क्या हुआ??तू क्यों शांत हो गया??"बुआ ने पानी पीते हुए पूछा।
"नहीं बुआ ऐसा तो कुछ नहीं ।चलिए मैं अब ऑफिस निकलता हूं ।"ऐसा कहकर सुजल ने अपना बैग उठाया।
"सुन,तेरे लिए अच्छा रिश्ता आया है इसलिए बोल रही थी।वैसे तूने कोई ढूंढ रखी हो तो बता देना ।आजकल तो भाई सबको छूट है अपनी पसंद से शादी करनी की। क्यों आदर्श है न..??"
"आकर बात करते है बुआ..अभी देर हो रही है।"
मुस्कुराता हुआ सुजल ऑफिस के लिए निकल गया।
ऑफिस में नव्या मानो उसका ही इंतजार कर रही हो ।सुजल के आते ही दो कप कॉफी लिए वो उसकी तरफ बढ़ी ।
प्यार छुपाए नहीं छुपता।ऑफिस में उनकी बढ़ती दोस्ती से सभी वाकिफ थे और प्यार की हल्की हल्की खुशबू भी सभी ने महसूस की थी।आज तो सबकुछ बिल्कुल साफ नजर आ रहा था।
दोस्तों ने दोनों को घेर लिया और पार्टी की मांग तेज हो गई।रोमांटिक गाने गुनगुनाए जाने लगे।
नव्या और सुजल आंखों में आंखों में बात करते चले गए।

रात सुजल के घर आते ही ठहाकों की आवाज ने उसका स्वागत किया।
"आ गया.."बुआ ने भारती की दी नई साड़ी हाथ में लिए कहा ।
"हां,बुआ..क्या चल रहा है??"
"बस देख तेरी मम्मी ने साड़ी दी है।इसे तेरी शादी में पहनूंगी बता कब कर रहा है शादी?"
"अरे बुआ क्या आप भी।"

"देख,कल मुझे निकलना है।जल्दी बता कोई है क्या??"
"अरे बुआ! भाई को सांस तो लेने दो।अभी तो आए है बेचारे ।"
कोमल ने सुजल को बचा लिया।
बुआ तो चली गई लेकिन सुजल के मम्मी पापा के कानों में बात डाल गई कि समय रहते शादी करना ही ठीक है ।

15 - 20 दिन बीत चुके थे।नव्या ने सुजल के बारे में घर में बता दिया था।सुजल अब भी मौका देख रहा था।
"मम्मी,वो एक बात करनी थी।"सुजल ने कुछ हिचकते हुए कहा।
"बोल न"
"वो.... ऑफिस में एक लड़की है.."
भारती ध्यान से बेटे की बात सुन रही थीं
"नव्या... नाम है उसका.."
"अच्छा...."
"मम्मी,वो हम ...मतलब...मैं उससे..."
सुजल खुलकर बोल ही नहीं पा रहा था।
"बेटा,नव्या के साथ तुम शादी करना चाहते हो??
पापा ने बिलकुल सीधे शब्दों में पूछ ही लिया।
"पापा,वो अच्छी लड़की है..आप लोग मिल लीजिए..."सुजल जल्दी जल्दी बोल पड़ा ।
"ठीक है एक दिन तय करो।हम मिल लेते है।"पापा कुछ गंभीर होकर बोले।
"भैया ,मैं तो पहले ही जानती थी कि नव्या ही मेरी भाभी बनेगी "कोमल भाई के कंधे पर झूल गई।
"बेटा,तुझे पसंद है!! तूने सब देखा ही होगा।बस तू खुश रहे तो हमें और क्या चाहिए "मां ने सुजल के माथे पर हाथ रखते कहा।

दोपहर की हल्की धूप नव्या के घर के ड्रॉइंग रूम में सुनहरा सा माहौल फैला रही थी। दीवार पर टंगी परिवार की तस्वीरें, किनारे की मेज पर मनीप्लांट का पौधा, और छोटे-छोटे सजावटी शोपीस घर की सादगी और अपनापन दिखा रहे थे।

नव्या थोड़ी घबराई हुई दरवाजे के पास खड़ी थी—उसके चेहरे पर संकोच और उत्साह का मिला-जुला भाव।
दरवाजे की घंटी बजी।
उसने गहरी सांस ली और दरवाजा खोला।
सुजल का परिवार खड़ा था।

सुजल हल्की मुस्कान लिए आगे बढ़ा, उसके पीछे उसके माता-पिता और बहन कोमल।
नव्या की मां ने तुरंत स्वागत किया—
"आइए, अंदर आइए।"
ड्रॉइंग रूम में सभी बैठ गए।
माहौल धीरे-धीरे सहज होने लगा।
सुजल के पिता ने मुस्कुराकर कहा,
"नव्या, सुजल से तुम्हारी बहुत तारीफ़ सुनी है। सुजल खुद कम बोलता है, लेकिन तुम्हारे बारे में खूब बताता है।"

इसी बीच सुजल ने धीरे से नव्या की ओर देखा—
आंखों में "सब ठीक होगा" वाला इशारा दिया।
धीरे-धीरे कमरे में एक सहज गर्माहट सी फैल गई, जैसे हर किसी के मन में यही बात थी—
कि यह रिश्ता आगे बढ़ सकता है?
क्या दोनों एक-दूसरे के साथ खुश रहेंगे??
नव्या के पिता ने मुस्कुराकर पूछा,
"सुजल, तुम और नव्या एक साथ खुश रहोगे न?"
सुजल ने बिना हिचक के सिर हिलाया,
"बहुत।" सभी के चेहरे पर मुस्कान थी।
"बेटा,हम नव्या की खुशी में खुश है।इसलिए जब उसने बताया कि तुम उसे पसंद हो तो हमने कुछ और नहीं सोचा।हम तो बस उसकी खुशी चाहते है।"
नव्या की मां ने बहुत ही भावुक होते हुए कहा।
"जी हम भी सुजल को खुश देखना चाहते है ।नव्या हमें पसंद है।बस दोनों खुश रहे।"भारती ने भी अपनी बात कही।
"ठीक है फिर बात पक्की कर देते है।"सुजल के पिता ने कहा ।
"जी.. जी...हमारे बड़े भाईसाहब अभी दुबई गए हुए है एक बार वो आ जाए तो सगाई कर देंगें।वैसे बात तो पक्की हो ही गई है।"नव्या के पिता ने कहा ।
"लीजिए ,मुंह मीठा कीजिए।"नव्या की मां ने मिठाई की प्लेट आगे बढ़ाते हुए कहा ।

सुजल के परिवार ने वहां से विदा ली और घर आ गए।
सभी बहुत खुश थे कि नव्या का परिवार बहुत ही अच्छा था और उन्हें नव्या भी बहुत पसंद आई।

"भैया,अब बुआ को क्या बोलोगे??"
"मैं अभी दीदी को खुशखबरी सुनाता हूं।"आदर्श जी ने फोन निकालते ही कहा।
"सुजल,रविवार को तू नव्या को घर ले आना।तब बुआ के साथ वीडियो कॉल पर मिलवा देंगे। "मम्मी ने सुजल से कहां
"सुनिए,सब ठीक लगा न आपको??" भारती ने आदर्श से पूछा।
"हां,लोग तो अच्छे है,नव्या भी अच्छी है।सुजल को पसंद है फिर क्या ही सोचना।"आदर्श जी बोले।

"बस एक बार सगाई हो जाए फिर शादी की तारीख निकलवा लेंगे।बहुत तैयारी करनी पड़ेगी।मेरा सोने का हार नव्या को दे दूंगी।"भारती भविष्य का सोचने लगी।
"अरे भाई अभी बहुत समय है तुम क्यों चिंता करती हो??सब हो जाएगा।अभी तुम सास बनने की खुशी मनाओ।"आदर्श जी ने भारती को समझाया।

रविवार का दिन था।घर पर विशेष तैयारियां चल रही थी।सुजल नव्या को लेने गया था।
कोमल ने घर को बहुत अच्छे से सजाया।भारती ने भी नव्या की पसंद के छोले पूरी बनाए थे।
सुजल दरवाजे के पास खड़ा था, चेहरे पर साफ़-साफ़ खुशी झलक रही थी।
और उसके ठीक बगल में थी—नव्या।
लाल सलवार-कमीज़ में, वह थोड़ी संकोच भरी मुस्कान के साथ खड़ी थी। पहली बार वह सुजल के घर आ रही थी... और यह बात उसके दिल की धड़कनें बढ़ा रही थी।
कोमल ने तुरंत दरवाजा खोला,आओ आओ भाभी.."
दरवाजा खुलते ही भारती भी मुस्कुराईं

"अरे, आओ बेटा... नव्या, तुम्हारा ही इंतज़ार था।"
मां की आवाज़ में वह अपनापन था, जो किसी भी लड़की की घबराहट पल भर में मिटा दे।
नव्या ने हल्के झुककर नमस्ते किया।
मां ने आगे बढ़कर उसका हाथ पकड़ा और अंदर ले आईं—जैसे पहले से ही उसे बेटी की तरह अपनाया हुआ हो।
सुजल एक किनारे खड़ा बस नव्या को देख रहा था।
"आओ, आओ बेटा बैठो" आदर्श जी बोले।

मां ने प्लेट से मिठाई खिलाते हुए कहा,
"पहली बार आई हो... मिठाई तो बनती है। सुजल, उसे पानी दो। तुम बस खड़े-खड़े

मुस्कुराते रहो!"

सुजल शर्माता हुआ पानी लेने गया, और नव्या उसकी इस मासूमियत पर मुस्कुरा दी।

सभी के बीच हंसी मजाक चलता रहा।हल्की फुल्की बातें हुई।

नव्या को बहुत अपनापन मिला।

"सुजल अपना कमरा दिखा दो।"मां ने कहा।

"स्वागत है ,नव्या जी आपका ,हमारे कमरे में.."

सुजल ने अपना कमरा दिखाते हुए कहा।

नव्या मुस्कुराई और बोली,"तुमने तो सब बहुत ही अच्छे से रखा है। बहुत बढ़िया।"

"नव्या,बस जल्दी ही बड़ा घर लेना है ताकि सब अच्छे से रह सके।"सुजल ने खिड़की के बाहर देखते हुए कहा।

"सब हो जाएगा।मैं भी हूँ न।हम दोनों मिलकर सब कर लेंगे।"नव्या ने सुजल का हाथ थामकर कहा।"

तभी मां ने खाने के लिए उन्हें आवाज दी और सबने मिलकर खाना खाया।

दोनों की बात तो पक्की हो गई थी लेकिन सगाई के लिए अच्छा मुहूर्त करीब 2 महीने बाद का था।

कुछ रिश्तेदारों को सुजल की बात पक्की होने की खबर थी लेकिन अभी एक कार्यक्रम करके सबको बुलाना बाकी था। सुजल और नव्या के बीच सब अच्छा चला रहा था ।

लेकिन....करीब एक महीने बाद..

शाम के सात बजे थे। बाहर का मौसम सुहाना था, लेकिन ऑफिस के कमरे का माहौल कुछ ठीक नहीं था। सुजल और नव्या साथ बैठे थे, पर दोनों के बीच एक पतली, अनदेखी दीवार खड़ी थी।

नव्या ने कॉफी का मग हाथ में लिए धीमी आवाज़ में कहा,

"सुजल... हम हर बात एक जैसा सोचे ज़रूरी तो नहीं ना?"

सुजल ने उसकी तरफ देखा, हल्की थकान और चिंता आँखों में दिख रही थी।

"ज़रूरी नहीं, लेकिन हाल में ऐसा लग रहा है कि हम कोशिश ही नहीं कर रहे..."

नव्या ने नज़रें झुका लीं।

"मैं बस इतना चाहती हूँ कि तुम मेरी बातों को समझने की कोशिश करो।"

सुजल हल्का सा मुस्कुराया, मगर वह मुस्कान खोखली थी।

"और तुम्हें लगता है मैं कुछ भी सही नहीं करता... चाहे काम हो या हमारे बारे में कोई बात।"

कुछ पल दोनों चुप रहे।
घड़ी की टिक-टिक कमरे में और भारी लग रही थी।

नव्या ने गहरी साँस ली।
“शायद हम दोनों आजकल बहुत बदल गए हैं...ऑफिस के काम में व्यस्त हो गए हैं...हमारी एक दूसरे से कुछ ज्यादा ही उम्मीदें बढ़ गई हैं।”

सुजल ने धीरे से उसके हाथ पर हाथ रखा,
“मैं तुमसे दूर नहीं जाना चाहता, बस... लगता है हम एक-दूसरे को समझ नहीं पा रहे।”

नव्या की आँखें हल्की नम हो गईं,
“मैं भी नहीं चाहती कि दूरी आए... पर पिछले कुछ दिनों में छोटी-छोटी बातें भी बड़ी बन गई हैं।”

सुजल ने सिर झुका दिया और बोला,"शायद हमें वक्त चाहिए या फिर हमें अपने रिश्ते को आगे बढ़ाना है या नहीं इस बारे में सोचना चाहिए।"

नव्या ने धीरे से सिर हिलाया।

दोनों अभी भी साथ बैठे थे, बस थोड़ा-सा दिल अलग-अलग धड़क रहा था और दिल पर भारी बोझ सा था।

"सुजल,क्या बात है बेटा !!परेशान लग रहे हो!"मां ने बेटे की आंखों को मानो पढ़ लिया हो।
"नहीं,ऐसा कुछ नहीं बस काम का प्रेशर है।"
आंखे चुराते सुजल ने जवाब दिया।
"बेटा, नव्या को कब ला रहा है घर?"बात को आगे बढ़ाते मां ने पूछा।
"मां,वो अभी तो काम बहुत है ...मुझे लगता है कि सगाई भी नहीं हो पाएगी।"एक ठंडी सांस लेते सुजल बोला।
"ये क्या कह रहे हो??सुजल बेटा सब तुम्हारी मर्जी से हुआ था...फिर ये अचानक सगाई न करने की बात ...."मां का दिल धक्क से रह गया।
"अरे !मां,बात को समझो।अभी हम दोनों एक दूसरे को समझ रहे है।कर लेंगे सगाई भी ..मां शादी के बाद अलग होने से अच्छा है पहले ही सब ठीक से सोच ले।"

"सुजल ये क्या कह रहे हो?? रिश्तेदारों को बता दिया है कि तुम्हारा रिश्ता तुम्हारी पसंद की लड़की से होने वाला है और फिर तुम्हे तो नव्या पसंद थी न...!" पिताजी बोल पड़े।
"पापा, प्लीज़ आप समझने की कोशिश कीजिए।मैने कब कहा कि सब खत्म हो गया ।बस कह रहा हूँ कि थोड़ा समय चाहिए ।आगे बढ़ने से पहले हम दोनों एक

दूसरे को जानना चाहते है।"सुजल की आवाज धीमी होती चली गई।

"हमारे साथ ही ऐसा होना था भगवान। पहले बिजनेस में धोखा ,फिर सालों मेहनत और अब बेटे की खुशी को भी न जाने किसकी नजर लग गई!!" भारती रोते रोते बोलती जा रही थी ।

"मम्मी,आप ऐसे रोओ मत प्लीज।हम देख रहे है न...।"सुजल ने रोती हुई मम्मी को दिलासा दिया।

"नव्या,आखिर क्या बात है इस तरह सगाई को आगे बढ़ाने को क्यों कह रही हो और अचानक बैंगलुरु जाने का क्या कारण है वो भी एक महीने के लिए???सुजल के साथ कोई प्रॉब्लम हुई है??"नव्या की मां ने पूछा।

"मम्मी,मैं आपसे झूठ नहीं बोलना चाहती लेकिन हमारे बीच वो इक्वेशन नहीं है जैसा मैने सोचा था।

फिर भी हम कोशिश कर रहे है।मैने दूसरे प्रोजेक्ट में रोल ले लिया है।अलग रहेंगे तो शायद हम दोनों को सोचने का मौका मिलेगा।"बैग में कपड़े डालते हुए नव्या ने कहा।

"बस! खेल बनाकर रख दिया है ...पहले चार दिन की दोस्ती में प्यार हो जाता है ...शादी करने की जिद शुरू हो जाती है और फिर कुछ समय बाद कहते है कि हमारे बीच कॉम्पीटिबिलिटी नहीं है।

ऐसे कैसे चलेगा नव्या..?पिताजी ने गुस्से में कहा।

"अरे !! आराम से बात करो।"नव्या की मां ने समझाया ।

"क्या आराम से...ये आज के बच्चों ने समझ क्या रखा है ।ऐसे बिना सोचे समझे डिसीजन लेते है कि क्या ही बोले कोई...कुछ कहो तो बस घर छोड़कर चले जाएंगे या फिर.... "पापा का गुस्सा शांत नहीं हो रहा था ।

"पापा,न तो मैं घर से भाग रही हूँ और न मै कोई गलत कदम उठाऊंगी।थोड़ा समय दीजिए बस!! फिर आप जैसा कहेंगे वैसा करूंगी "

नव्या ने स्पष्ट शब्दों में कहा।

थोड़ी दी बाद उसकी टैक्सी आ गई और वो एयरपोर्ट चली गई।

एक तरफ सुजल और एक तरफ नव्या।

दोनों ही कुछ कन्फ्यूज थे कि क्या किया जाए

सुजल रोज की तरफ ऑफिस पहुंचा।

आदतन नव्या की कुर्सी की तरफ नजर गई लेकिन वो नहीं थी।

"बस,सुजल...तुम्हारा हर बात पर इतना सोचना मुझे अच्छा नहीं लगता। ऐसे कैसे साथ जिंदगी बिताएंगे?मैं ऐसे नहीं जी सकती।"नव्या के कहे ये शब्द सुजल को

याद आते ही वो सीधे अपनी सीट पर चला गया।

नव्या बैंगलुरु ऑफिस पहुंच चुकी थी। कॉफी हाथ में थी लेकिन साथी सुजल नहीं था।नई जगह नए लोग ....नव्या अंदर से खाली खाली सा महसूस कर रही थी।

"हेलो,नव्या...राइट??"एक 30- 35 वर्षीय लड़की ने उसके पास आकर कहा ।

" ओह ..हेलो... यस.....नव्या..."उसने जवाब दिया।

"मैं शैलजा ...आओ मैं आपको प्रोजेक्ट की डिटेल्स देती हूं।"उसकी आवाज और चाल दोनों में आत्मविश्वास था।

"सुजल,भाई कब है सगाई...??सौरभ ने कैंटीन में सुजल की दुखती नस पर मानो हाथ रख दिया हो।

"नव्या के बिना सुजल तो बिलकुल मजनू लग रहा है।"राहुल ने मजाक किया।

"बस यार ऐसा कुछ नहीं है,अभी सगाई का सोचा नहीं है।"सुजल की आवाज में रूखापन था ।

"क्या हुआ ..सुजल??नव्या के साथ कोई बात हुई क्या???"वैष्णवी ने धीरे से पूछा।

"वो तो तुम उससे ही पूछो। मैं क्या बताऊं??"

सुजल दुखी भी था और कुछ अपसेट भी।

आगे कोई बात न हो इसलिए सुजल वहां से निकल गया। उसकी चाल में थकान थी और चेहरे पर निराशा ।

शैलजा के साथ केबिन में बैठे बैठे नव्या को पुरानी बाते याद आने लगी।

"नव्या,तुमने बिना डिस्कस किए बस डिसाइड कर लिया??मुझे बताना भी जरूरी नहीं समझा।ऐसे कैसे चलेगा!मेरी जरूरत नहीं तो बता दो।या फिर मुझे ही इस रिश्ते के बारे में दोबारा सोचना पड़ेगा।"

सुजल के तीखे स्वर नव्या के दिल को छलनी कर रहे थे। पुरानी बातें याद करके उसकी आँखें नम हो रही थी।

तभी शैलजा ने नव्या से कहा..,"नव्या ,नव्या...ये डॉक्युमेंट्स की फाइल मेल कर दी है तुम्हे प्लीज चेक कर लेना।"

नव्या ने खुद को संभाला और काम में लग गई।

नव्या और शैलजा अभी काम में लगे थे कि शैलजा का फोन बज उठा,

"हां ,बोलो..."

"प्लीज़ रवि बस करो।अभी मैं काम में हूं।"

"रवि,तुम भी सही हो और मैं भी।"

"हां ,ठीक है....घर आकर बात करते है।"

शैलजा के फोन रखते ही नव्या ने धीमी आवाज में हिचकते हुए पूछा"सब ठीक है?"

"हां, बस मेरे हसबैंड रवि का फोन था।कभी कभी छोटी सी बात बड़ी हो जाती है।बस वही बहस ।"

शैलजा ने बहुत ही सामान्य रहकर नव्या को जवाब दिया।

"ये झगड़े सचमुच बहुत तकलीफ देते है।"नव्या ने मानो अपना हाल बया किया हो।

"अरे...ऐसा कुछ नहीं।बल्कि मुझे तो लगता है ऐसा कभी कभी होना भी चाहिए जिंदगी में थोड़ा एक्साइटमेंट आता है।अब दो अलग लोग है तो हमेशा एक जैसा कैसे सोचेंगे??

बहस और गलतफहमी तो होगी ही न!"

शैलजा ने लैपटॉप में काम करते करते सहजता से उत्तर दिया।

"सुजल, बेटा आज ऑफिस नहीं जाना क्या??" मां ने सुजल के माथे पर हाथ रखकर पूछा ।

"मां,आज कुछ ठीक नहीं लगा रहा ,छुट्टी ले लेता हूँ।"सुजल ने करवट बदलते कहा।

"बेटा,मैं जानती हूं तू परेशान है लेकिन मेरी बात सुन तो .."

"बोलो मां क्या सुनूं...??"सुजल उठकर बैठ गया।"बेटा,नाराज मत हो।देख तेरे और नव्या के बीच जो भी हुआ वो मैं नहीं जानती लेकिन क्या बात करके सुलझा नहीं सकते?अलग अलग रहोगे तो क्या आपसी मनमुटाव खत्म हो जाएगा? देख तुम दिनों बड़े हो समझदार हो लेकिन हम माता पिता ने तुम लोगों से ज्यादा दुनिया देखी है।इसलिए कहती हूं आपस में बात करो और फिर कुछ हल न निकले तब हम बड़े बैठकर तुम दोनों से बात करेंगे।आज नव्या की मां का फोन आया था ।वो भी परेशान है।"

"आंटीजी क्या बोली??"सुजल ने पूछा।

"तुम दोनों ने बस कह दिया नहीं करनी सगाई लेकिन एक बार भी नहीं सोचा कि हम लोगों पर क्या बीतेगी।वो भी बहुत परेशान है।नव्या शहर से दूर चली गई तो उसकी मम्मी को तो बहुत चिंता है।

ऐसे रिश्ते तोड़ने में वक्त नहीं लगता लेकिन एक बात कहूं...कोई भी रिश्ता परफेक्ट नहीं होता बेटा।उसे परफेक्ट बनाना पड़ता है और न भी बने तो थोड़ा एडजस्ट करना पड़ता है।"

भारती ने आज बखूबी बेटे को समझाया।

"मां,आपको क्या लगता है हमने सब ठीक करने की कोशिश नहीं की होगी।नव्या को समझाना बहुत मुश्किल है मां वो मेरे जैसी नहीं है।"सुजल झुंझलाते हुए बोला।
"अच्छा बेटा वो तुम्हारे जैसी नहीं है।एक बात बताइए जनाब आप, क्या कोमल और तुम एक जैसे हो???पिताजी जो अब तक सब सुन रहे थे वे बोले।
"पापा कोमल छोटी है.."सुजल बोला।
"हां ,लेकिन तुम दोनों भाई - बहन होकर भी एक जैसे नहीं हो।तुम दोनों की परवरिश एक ही माहौल में हुई है फिर भी जमीन आसामान का अंतर है तुम दोनों में।फिर नव्या तो बिल्कुल अलग घर की है।तुम दोनों एक जैसे कैसे हो सकते हो!!!" पिताजी समझाते हुए बोले।

"वैसे नव्या तुम बहुत परेशान सी लग रही हो।चाहो तो हम बात कर सकते है।"शैलजा ने एक दोस्त बनकर कहा।
"एक्चुली शैलजा अब क्या कहूं बस बहुत परेशान हूं और शायद कंफ्यूज भी।"नव्या के चेहरे पर उदासी थी ।
"शैलजा ने उसके कंधे पर हाथ रखा।

"रिश्ते कभी परफेक्ट नहीं होते नव्या...लेकिन जिंदगी में सही लोग बहुत मुश्किल से मिलते हैं। समझदार लोग ही रिश्ते की अहमियत को समझते है और उसे सहेजने की कोशिश करते है।सोच लो आराम से...कोई भी रिश्ता कभी तोड़ना मत बस इसलिए कि तुमने जैसा सोचा वैसा नहीं हुआ। दूसरे के दृष्टिकोण से भी परिस्थिति को देखने की कोशिश करना।" शैलजा ने मानो अपना अनुभव साझा किया हो।

नव्या चुपचाप सिर हिलाती है—
पहली बार उसके चेहरे पर वो भाव थे जो बता रहे थे कि उसे रिश्ते का मोल शायद समझ आ रहा हो।

"क्या इस रिश्ते को एक मौका देना चाहिए??क्या वाकई हम दोनों खुश रह पाएंगे??नव्या और सुजल दोनों के ही दिल में यही एक सवाल घूम रहा था।

"भैया,लो बुआ का फोन है।"कोमल ने सुजल के कमरे में आकर अचानक ही फोन सुजल को पकड़ा दिया।
"नमस्ते बुआ!!कैसी हो आप??"
सुजल ने पूरे आदर के साथ पूछा।
"सुजल,तुम तो बुआ को भूल ही गए।फोन तक नहीं करते आजकल।कैसे हो??"
बुआ ने आत्मीयता से पूछा।
"बुआ ,सब ठीक है....बस ..वो..ऑफिस..."

सुजल का वाक्य अभी खत्म ही नहीं हुआ कि
बुआ बोली,"अब बात मत पलट।मुझे सब पता है। देख यदि नव्या के साथ मन नहीं मिल रहा तो मुझे बता।बहुत रिश्ते है मेरे पास।"
"नहीं बुआ ऐसी कोई बात नहीं है।"
"अरे!! एक से बढ़कर एक रिश्ते है मेरे पास तू बस बोल।"बुआ बोलती जा रही थी।
"बुआ ...बुआ..मेरी बात सुनिए कोई रिश्ता नहीं ढूंढना है अभी।मैं आपको बताऊंगा।"सुजल ने जैसे तैसे बात संभाली।

नव्या वीकेंड पर घर आ गई। मां ने सुबह सुबह नाश्ते की मेज सजा दी ।
"नव्या,अच्छा किया तुम आ गई।ले गरम- गरम पराठे खा।कितनी दुबली हो गई है।"मां का प्यार बोल पड़ा।
"नव्या,कैसा चल रहा है काम??"पापा ने भी चाय पीते हुए पूछा ।
"हां ,पापा सब ठीक है।बस दो वीक में हो जाएगा।"नव्या ने पराठे को दही में डालते हुए कहा।
"फिर आगे क्या सोचा है??"पापा ने बात छेड़ दी।
"फिर यहीं से काम करूंगी।"नव्या बात को टालना चाह रही थी ।
"बेटा,तुम जानती हो मैं क्या पूछ रहा हूं।वैसे सुजल के परिवार ने हमें कल घर बुलाया है।" पापा ने चाय का कप मेज पर रखते हुए कहा।
"मुझे तो कुछ पता ही नहीं..."नव्या की आँखें बड़ी हो गई और आश्चर्य साफ उसके चेहरे पर दिखाई दे रहा था।
"बेटा,देखो तुम आओ या न आओ लेकिन हम वहां जाएंगे और बात करेंगे।सुजल और तुम एक बार मिलो ,बात करो और फाइनल तय करो कि क्या करना है? बात कड़वी है लेकिन सच कहूं तो तुम लोगों की जनरेशन ने शादी को गुड्डे गुड़िया का खेल बना रखा है।"पापा के स्वर तीखे थे।

"नव्या,बेटा पापा की बात का बुरा मत मानो।रोने की जरूरत नहीं है।चलो आंसू पोछो ।पापा गलत नहीं कह रहे।हम भी तुम्हे सुजल से शादी करने का दबाव नहीं डाल रहे ।बस ये कह रहे है कि रिश्ते को बस इसलिए तोड़ना कि तुम्हे नहीं जम रहा ये गलत है।ये कोई बात नहीं होती बेटा कि कह दिया वो मेरे जैसा नहीं है,वो मेरी बात नहीं समझता या मुझे तो ऐसी आदत ही नहीं है।बेटा शादी जैसा रिश्ता प्यार से पहले सम्मान पर टिकता है,क्या सुजल ने कभी तुम्हारा अपमान किया है??क्या कभी उसने कहा कि शादी के बाद तुम्हे पूरे घर को संभालना होगा।"मां ने नव्या से पूछा।
नव्या ने ना में सिर हिलाया।

"नव्या,शादी के बाद तो रोज नए चैलेंज,नई जिम्मेदारियां आएगी ही।जिसे तुम दोनों को मिलकर संभालना होगा। हम मानते है सब मुश्किल है लेकिन यही तो प्यार की कसौटी है बेटा।फिर भी तुम दोनों को लगता है कि रिश्ता खत्म करना है तो चलो उनके घर जाकर बात कर ही लेते है।"पापा ने
सीधी बात की ।

सुजल और नव्या की जिंदगी क्या मोड लेगी उसमें बस एक रात दूर की दूरी थी।

एक तरफ सुजल अपने कमरे में फोन लिए बस बिस्तर पर लेटा हुआ था
कमरे में लगभग अंधेरा ही था।उसके फोन के चालू करते ही हल्की सी रोशनी होती जो केवल उसके चेहरे पर पड़ती।

नव्या ने भी लैपटॉप बंद कर दिया था, बालकनी से सिर्फ हल्की सी रोशनी कमरे के भीतर आ रही थी ।

सुजल खुद को ही सवालों के कटघरे में खड़ा करता है और पूछता है कि क्या नव्या का खुद कोई डिसीजन लेना इतना गलत था,क्या जरूरी है कि वो सब पहले उसे बताए??क्या उसका बड़े ख्वाब देखना गलत था??क्या छोटी छोटी बातों पर मेरा नाराजगी दिखाना ठीक था??क्या उसके जाने पर उसे रोकने की जिम्मेदारी मेरी नहीं थी? क्यों नहीं तब मैने हक जताया उसपर??क्यों नहीं मना लिया उसे जब वो मेरी थी।क्यों बस यूंही रिश्ता खत्म करने की बात कर दी?????"

अचानक फोन चालू कर सुजल अपनी और नव्या की पुरानी चैट पढ़ने लगा...

नव्या अपने घुटने मोड़कर बैठ गई।आंखे नम थी।अपने आप में ही बुदबुदाने लगी" क्या मेरी ही गलती थी????मैने बहुत ज्यादा बोल दिया था,वो मेरा अच्छा ही चाहता था..है...। उसके मम्मी ,पापा और कोमल भी तो कितना प्यार करते है मुझे। सुजल तो बस मुझे समझाया ही करता था कि जल्दबाजी में मैं कुछ गलत डिसीजन न ले लूं । क्या मुझे उससे बात नहीं करनी थी ??उसका कम बोलना,हर बड़े प्रोजक्ट को लेकर परेशान होना,काम को करने के पहले बहुत सोचना.... लाइफ को वैसे एंजॉय न करना जैसा मै करती हूं...क्या ये इतनी बड़ी प्रॉब्लम है????

सवाल अनेक और जवाब उसके दिल में था।

रात गहराती जा रही थी।

नव्या बालकनी में आ गई और आसामान में चांदनी बिखरते चांद को देखने लगी। सुजल की आंखों में भी उसी चांद की चांदनी ने घर कर लिया था ।

रात के बाद सूरज की नारंगी रोशनी ने अपना रंग सब जगह घोल दिया।

"सुजल...बेटा तुम बाहर जा रहे हो...बताया था न कि आज नव्या के मम्मी पापा

आ रहे है..."मां ने घर से बाहर बाइक की चाबी ले जाते सुजल से कहा।

"मम्मी,आप चिंता मत करो।जल्दी आ जाऊंगा।"सुजल ने मां के हाथ को थामकर कहा।

"नव्या ...कितनी सुंदर लग रही हो बेटा...हरा रंग कितना खिल रहा है...बस आज सब ठीक हो जाएगा।"नव्या की मां नव्या की नजर उतारते बोली।

नव्या के चेहरे पर शर्म भरी मुस्कान थी।

घर की घंटी बजी,पिताजी ने दरवाजा खोला।

"अरे!!!तुम यहां!!!

"सुजल,बेटा तुम यहां....!!!आओ आओ अंदर आओ।" नव्या की मां ने आश्चर्य से कहां।

"नमस्ते अंकल, नमस्ते आंटी....वो मैं..."

सुजल की जबान लड़खड़ा रही थी।

"बेटा,बैठो.."पिताजी बोले।

नव्या खड़ी खड़ी अपने हरे दुपट्टे को उंगली में घुमा रही थी।दिल धड़क रहा था और सांसे तेज हो गई थी ।

"जी,वो मैं नव्या को...जी वो सगाई की अंगूठी लेने के लिए उसे ज्वैलरी शॉप ले जा सकता हूं??"

सुजल ने आखिरकार बोल ही दिया।

नव्या के पिता ने कहा,"अरे!! नव्या, जाओ जाओ... आज ही सगाई का अच्छा मुहूर्त है।"

"नव्या,चलो जल्दी..पहले ही बहुत दी कर दी है हमने "सुजल ने नव्या की तरफ हाथ बढ़ाया।

नव्या ने सुजल का हाथ थाम लिया।

"आदर्श जी,हम सगाई की पूरी तैयारी से आ रहे है।"नव्या के पिता ने फोन पर सुजल के पिता को खुशखबरी दी।

"मां,आपकी बहू और कोमल की भाभी को लेकर जल्दी ही आ रहा हूं।"दूसरी तरफ सुजल ने अपनी मां को भी फोन पर बताया।

सुजल ने बाइक स्टार्ट की ,नव्या की खुशी का ठिकाना नहीं थी।उसके कंधे पर अपना हाथ रख वो उसके संग हो ली और दोनों की समझदारी की गाड़ी चल पड़ी।

www.ingramcontent.com/pod-product-compliance
Lightning Source LLC
LaVergne TN
LVHW052110210926
848482LV00024B/449

* 9 7 9 8 9 0 2 3 1 0 5 3 2 *